삼국지

1. 도원결의 · 떠오르는 영웅들

삼국지

1. 도원결의 · 떠오르는 영웅들

초판 발행	2026년 04월 12일
초판 인쇄	2026년 04월 20일

지은이	나관중
글	이광진
그림	서영
펴낸이	김태헌
펴낸곳	스타파이브

주소	경기도 고양시 일산서구 덕이로 186 2층 203호
출판등록	2021년 3월 11일 제2021-000062호
전화	031-911-3416
팩스	031-911-3417

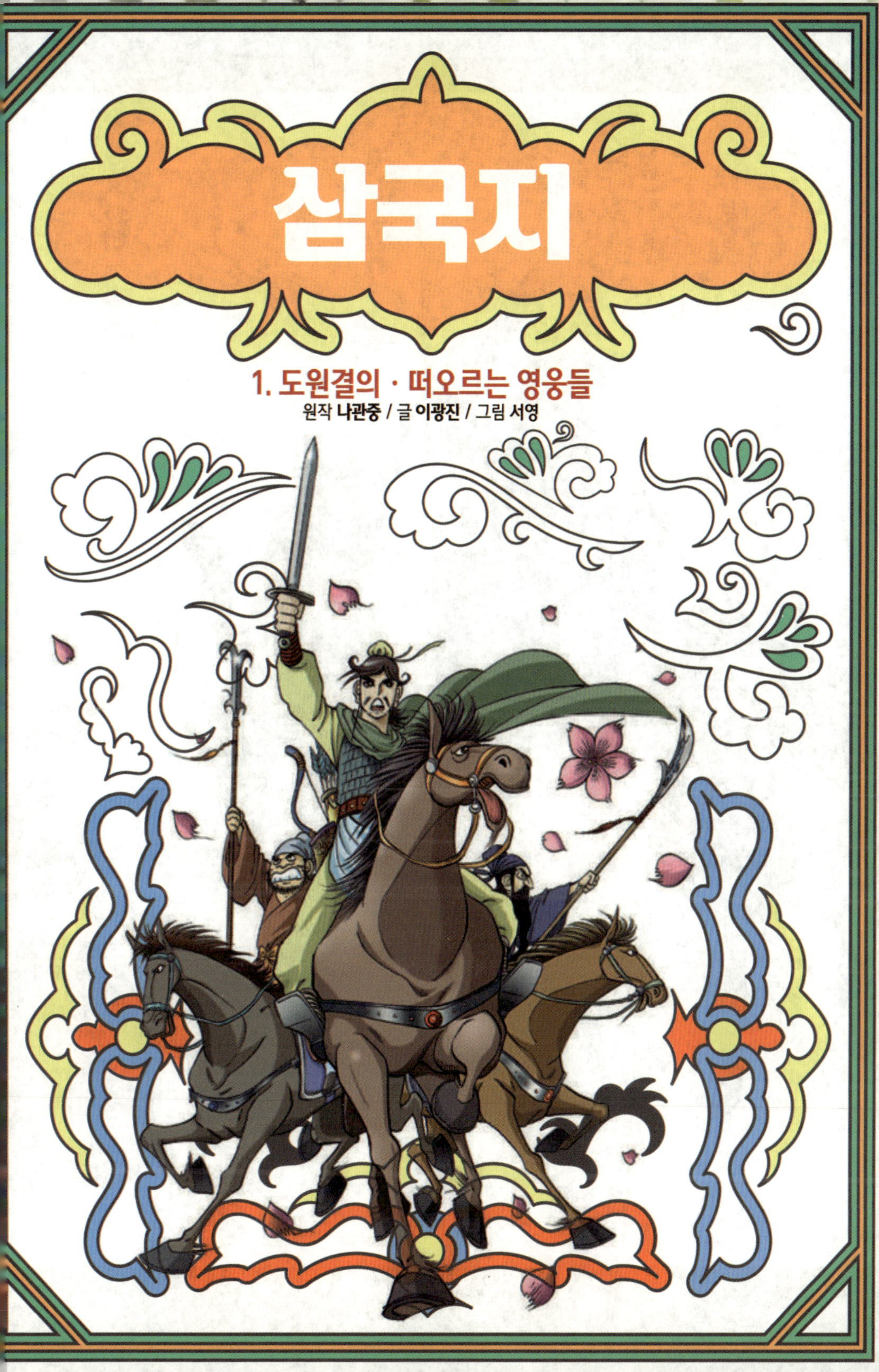
삼국지
1. 도원결의 · 떠오르는 영웅들
원작 나관중 / 글 이광진 / 그림 서영

삼국지

1. 도원결의 · 떠오르는 영웅들

챙
챙!
이겨라!
이겨라!

준미야, 준서야, 왜 그렇게 소리를 지르니? 아이스크림 먹어라.

아, 할아버지.

'삼국지' 게임이 새로 나왔는데, 아주 재미있어요.

네, 짱 신나요, 할아버지.

허허허, 그래?

이 할아버지도 어렸을 적에 삼국지를 아주 좋아했었지.

어머, 그러셨어요?

정말이세요?

그때는 컴퓨터가 없어서
만화로 보거나 소설로 읽었는데,
너무 재미있어서 밤을 새우며
보고 읽고 했지.
몇 번을 보고 읽었는지 모른단다.
삼국지가 그렇게 재미있으셨어요?
재미있을 뿐만 아니라, 학교 공부 경쟁, 입학 시험 경쟁,
취직 경쟁, 승진 경쟁, 성공 경쟁 등 경쟁이 심한 사회에서 '이기는 지혜'를 많이 배울 수 있어서 아주 좋단다.
그래요?
저는 그저 재미만 있는 줄 알았는데요.
뿐만 아니라,
어린이든 청소년이든 어른이든, 살아가는 데 필요한 갖가지 '지혜'가 가득 들어 있어서,

'인생 지혜 백과사전'이라고
할 수 있지.

어떤 지혜들인지
상상이 잘 안 돼요.

음……, 그렇다면 준미 같은 중학생,
준서 같은 초등학생에게 필요한
지혜를 예로 들어 볼까?

솔깃

궁금!

여자 애들을 괴롭히는
짓궂은 남자 애들을
혼내 주는 지혜,

낄낄낄

아이스 께끼!

불쌍한 애 왕따시키는 애들의
버릇을 고쳐 주는 지혜,

그래, 빨리
저리 가!

우린 너하고
안 놀아!

보기도
싫어!

좋아하는 아이의 관심을 끄는 지혜,
예쁜 건 알아 가지고…….
응?
예쁘비

그리고 싸움의 경우라면, 1만 군사로 10만 적군을 무찌르는 지혜…….
와아아아!

어? 그런 지혜도 있어요?

그럼! 응용하면 아주 많은 어려움을 이겨 나갈 수 있는 지혜가 가득하단다.

그래서 '토론'이나 '논술'의 좋은 자료가 되기도 하지.
지혜
지식
인내심
재미
용기
상상력
사랑
투지
의리
야호!
돋아
신난다!
논술
한마디로, 사람의 정신적인 모든 것이 녹아 있다고 할 수 있어.
그래서 사람들은 옛날부터 "삼국지를 세 번 이상 읽지 않은 사람과는 세상 이야기를 하지 마라."라고 말하기도 했어.
그런데 할아버지, '삼국지'라는 말의 뜻이 뭐예요?

그건 말 그대로 '세 나라 기록', 곧 '세 나라 이야기'라는 말이야.
三國志
세 나라 기록

좀 더 자세히 말하면, '세 나라가 천하를 차지하려고 맹렬하게 경쟁한 이야기'라고 할까…….

그래서 오늘날, '삼국지'라고 하면 '경쟁'을 뜻하기도 하지.

예를 들어 '자동차 삼국지' 하면, 자동차 회사 세 곳이 서로 판매 경쟁을 싸우듯이 맹렬하게 한다는 뜻이야.
우리 차가 최고야!
무슨 소리!
한번 해 볼까?
할아버지, 그 세 나라가 어느 어느 나라예요?

그걸 알려면 간단히나마 옛 중국의 역사를 살펴봐야 해.
중국사
먼 옛날, 아주 먼 옛날, 인류가 지구에서 살기 시작한 뒤, 네 곳에서 가장 먼저 문명을 일으켰어. 모두 기후가 따뜻하고 큰 강이 있어서 농사 짓기에 좋은 곳이었지.
황하문명
황하
메소포타미아문명
티그리스강
유프라테스강
인더스문명
인더스강
이집트문명
나일강
이 네 곳을 '인류 문명의 4대 발상지'라고 했어.
삼국지의 중심 무대가 되는 곳은, 이 네 곳 가운데 한 곳인 중국의 황하 유역이지.

그래서 중국 사람들은 옛날부터, 자기네가 일찍 문명을 일으킨 민족이라고 무척 뻐기며 뽐냈어.
이러한 중국 사람의 생각을 '중화사상' 이라고 한단다.
울리 중국 살람은 최고의 문명인이고, 울리 중국은 세계 문명의 중심이다해!
울리 중국 살람이 아닌 주변의 다른 민족은 모두 '오랑캐'다해!
우린 너희들을 오랑캐라 부른단다.
중국 황하 유역에서 일어난 문명은 주위의 여러 나라에 퍼졌는데,
우리나라를 거쳐 일본으로 건너가기도 했지.
받아!
고, 고맙스무니다.
문명
독도
독도는 우리땅이여 알아!

중국 황하 유역에서 가장 먼저 일어난 나라는 '은'나라였어. 이때 우리나라에는, 단군 왕검이 한반도 북부와 만주 등을 아울러 세운 '고조선'이 있었지.
고조선
황하
은
그리고 은나라에 이어 그 자리를 차지한 나라가 '주'나라였어.
주나라는 인구가 불어나고 영토가 넓어지자,
나라를 다스리는 방법으로 '봉건제도'라는 제도를 썼어.
즉, 왕이 왕족과 공신들에게 영토의 일부를 나누어 주고, 그 땅을 대대로 다스리게 한 거지. 이러한 왕족과 공신을 '제후'라고 했는데, 제후들은 왕을 떠받들었어.
제후
제후
제후
제후
제후
왕
제후
제후
제후
제후
제후

왕에게 자기 지방의 특산물을 바치고,
번데기?
맛이 끝내줍니다요.
전쟁이 나면 군사를 이끌고 가서 왕을 도왔지.
와아
와와아
무찔러라!
그런데 주나라 왕의 힘이 약해지자, 많은 제후들이 자기의 땅을 '나라'라 하고, 자신을 '왕'이라고 하며,
나는 왕이다!
나라
그렇다면 나도 왕 할래!
너희들이 왕이면 나도 왕 아니겠어?
서로 영토를 넓히려고 전쟁을 일으켰어.
우와아!
땅따먹기! 무찔러라!
이때를 '춘추전국시대'라고 한단다.

마침내 '진'이라는 나라의 왕이 많은 나라의 왕들을 모두 무찌르고 중국을 처음으로 통일했어.
아니, 왕이 아니라, 왕보다 한층 높은 '황제'라 하겠다!
와하하! 나는 많은 나라의 왕들을 무찔렀으니 '왕 중의 왕'이다!
중국의 그 유명한 '만리장성'을 쌓은 '진시황제(진시황)'는 '진나라의 첫 황제'라는 뜻이지.
그는 '첫 황제'라는 뜻으로 '시황제'라고 했어.
달에서도 보이는 지구 건축물이 바로 이 만리장성이래.

시황제는, 제후들이 반란을 일으킬 수 있는 '봉건제도'를 없애고, '군현제'로 나라를 다스렸어.
전국을 36개의 '군'으로 나누고 군 아래에 여러 '현'을 두어, 중앙에서 파견한 관리가
현
현
현
현
현
군
현
현
군, 현을 다스리게 한 제도가 '군현제'였어.
'현' 아래엔 여러 '향', 향 아래엔 여러 '정'을 두었어.
현
향
정
이 진나라 때에 중국이 처음으로 서양에 알려져, 서양 사람들은 중국을 '지나(차이나)'라고 부르게 되었단다.
오우! 차이나!
그런데 진시황이 죽자 전국에서 반란이 일어나, 진나라는 통일 15년 만에 망하고 말았어.
으으……!

반란군 가운데 한나라의 유방과 초나라의 항우가 끝까지 싸웠는데,
챙!
챙!
마침내 유방이 항우를 무찌르고 중국을 두 번째로 통일했어.
너희들, 할아버지들이 재미있게 장기 두시는 걸 본 적 있지?
네!
장기는 항우의 초(楚)나라군과 유방의 한(漢)나라군이 싸우는 것을 본뜬 놀이라고 해.
楚
장군 받아라!
멍군이다!
漢

한나라는 장안에 도읍하여 크게 발전했는데, 서쪽으로 비단길을 열고, 동쪽으로는 고조선을 쳐서 한사군(한나라의 네 군)을 두기도 했어.
선비
흉노
강
장안
낙양
한사군은 낙랑, 진번, 임둔, 현도였는데, 뒤에 고구려가 이곳들을 모두 되찾았지.

그런데 황후의 친척인 '왕망'이라는 사람이 황제 자리를 빼앗아 '신'나라를 세우자,

한나라는 망한 듯하다가,

황족인 '유수'라는 사람이 왕망을 죽이고 한나라를 다시 일으켰지.
그래서 앞의 한나라를 '전한', 뒤의 한나라를 '후한'이라고 해.

유수는 장안의 동쪽에 있는 낙양에 도읍하여 황제(광무제)가 되고, 한나라를 눈부시게 발전시켰어.
이때부터 '한'이라는 말이 '중국'을 뜻하게 되었지.
漢
짜이나, 우리 쭝국.
중국 글자를 '한자', 중국 글을 '한문', 중국 민족을 '한족'이라고 하지?
할아버지, 우리나라를 나타내는 말도 '한'이잖아요.
맞아!
한국, 한복, 한식 등…….
중국을 나타내는 '한'은 漢이고,
우리나라를 나타내는 '한'은 '韓'이어서, 발음은 같지만 글자가 다르단다.
아, 그렇군요.

그런데 후한 끝 무렵이 되자, 나이 어린 황제가 잇달아 들어섰어.
히잉~! 지지……
황제가 어려서 나라 다스리는 일을 제대로 하지 못하자, 황제의 어머니인 태후가 황제를 내세우고 황제 뒤에서 권력을 휘둘렀어.
험!
태후는 자기의 친척들을 높은 벼슬자리에 앉혀 세력을 굳혔어.
난, 너희들만 믿는다.
마음 푹 놓으셔유. 저희들이 다 알아서 처리할팅께유.
이 '황제 어머니의 친척들'을 '외척'이라고 했어. '황제 외가의 친척들'이란 뜻이지.
이렇게 외척에 둘러싸여 황제 노릇을 제대로 하지 못하던 황제는 나이가 들자, 외척의 간섭을 싫어하게 되었어.
싫다, 싫어!

나도 인제 나이가 들었으니, 외척을 물리치고 황제로서의 권위를 찾아 직접 나라를 다스려야 해!
암요, 암요! 마땅히 그러셔야지요.
그래서 황제는 환관들을 총애하여, 그 환관들을 통해 외척들을 억누르려고 했어.
저 아니꼽고 밉살스러운 외척들을 모조리 몰아 냈으면 좋겠다.
그러자 환관들이 황제의 총애를 믿고 설쳐 댔어.
아하, 우리 환관들의 세상이 왔도다!
외척들의 뿌리를 뽑아라!
할아버지, '환관'이 뭐예요?
늘 황제 곁에서 황제의 시중을 드는 남자들이었지.
그런데 이 환관들은 좀 색다른 사람들이었어.
생식기를 잘라 없앤 남자들만이 환관이 될 수 있었으니까.

그러니까 환관들은 남자 구실을 할 수 없었지. 수염도 나지 않고, 여자처럼 목소리도 가늘었어.
오…소프라노…
왜 생식기를 없앴어요?

환관들은 황제뿐 아니라, 황제의 여자들인 후궁들의 시중도 들어야 했는데,
마마, 음식이 입에 맞으십니까?
황제가 사랑하는 후궁들과 연애를 하면 안 되었기 때문이지.
그랬었군요.

한나라의 끝 무렵, 나이 어린 황제가 잇달아 들어서자, 외척과 환관들이 서로 황제를 내세우며 권력 다툼을 벌였어.
폐하, 저 간악한 환관 무리들을 쫓아내시옵소서!
무슨 소리! 나라를 말아먹는 저 외척들을 처벌해야지요!

황제의 명으로 곡식을 가져가노라!
그들은 백성들을 괴롭히고
이것마저 가져가시면 우린 굶어 죽습니다요, 나리.
벼슬을 팔아 배를 불렸어.
이 벼슬은 쬐끔 비싸지.
금 여기 있습니다. 감사합니다.
이렇게 벼슬을 비싸게 산 벼슬아치들은, 벼슬 산 돈의 몇 배를 백성들에게서 뜯어냈어.
아, 배부르고 등 따뜻하니까 졸음만 오네.
앙앙, 배고파. 밥 줘!
후유!
먹고살기가 어렵게 된 농민들이 사방에서 반란을 일으켰는데, 그중에서도 '황건적'의 난이 가장 컸어.
썩은 세상을 바꾸자!
일어나자, 백성들아!
와
아
아
삼국지 이야기는 바로 이 '황건적의 난'이 일어난 때로부터 시작돼.

한나라는 겨우 황건적의 난을 진압했으나, 오래 되지 않아 '위', '촉', '오', 세 나라로 나뉘었어.
선비
강
흉노
저
위
촉
오
이 세 나라는 각각 자기네가 힘으로 중국을 통일하려고 크게 다투었어.
뒷날 '진수'라는 사람이 이 세 나라의 역사를 써서 '삼국지'라는 책을 내놓았는데,
三國志
그 뒤에 '나관중'이라는 사람이 이 '삼국지'를 소설로 꾸며 '삼국지통속연의'라는 제목으로 펴냈어.
三國志通俗演義
'삼국지통속연의'를 줄여서 '삼국지연의' 또는 '삼국연의'라고 했는데, 모두 '소설 삼국지'라는 뜻이야.
三國志通俗演義

'삼국지통속연의'라는 소설이 인기를 끌자, 사람들이 서로 붓으로 베껴서 '필사본'이 유행했어.
그런데 베끼면서 마음대로 고치기도 해서, 여러 가지 책이 나와 퍼졌지.
요즘 말하는 짝퉁들이군요.
어느 사이에 '삼국지통속연의'가 줄어서 '삼국지'가 되더니,
'삼국지' 하면 '역사책 삼국지'가 아니라 '소설 삼국지'를 가리키게 되었지.
뒷날 '모종강'이라는 사람이 나관중의 '삼국지통속연의'를 바탕으로 하여
삼국지를 조금 고쳐 썼는데, 이 모종강의 삼국지가 '정통 삼국지'로 수백 년 동안 읽혀 왔어.
모종강
삼국지가 워낙 유명하고 재미있고 유익하다 보니,
삼국지
삼국지

수많은 비슷한 이야기들이 전해졌는데,
기왕이면 제대로 된 '정통 삼국지'를 알아야 하지 않겠니?
그래야 토론이나 논술 등에 인용해도 떳떳할 테니까 말이야.
뿔 뿔 뿔
할아버지, 그럼 그 정통 삼국지 이야기 좀 해 주세요.
으음…… 그래.

내게 어른용 정통 삼국지가 있으니까,
다시 한 번 읽어 가면서 너희들에게 시간 나는 대로 이야기해 주마.
좋아요, 할아버지!
저도요!
허허허.
오늘은 너희들과 참 많은 이야기를 했구나.
오랫동안 대학 교수로

연구하랴 강의하랴 너무 바빠서 너희들과 많은 시간을 갖지 못했는데,
이제 정년 퇴직을 했으니,
너희들과 좋은 시간을 좀 더 보내야겠구나.
예, 할아버지.
허허허.

1. 복숭아밭에서 맺은 형제

한나라가 중국을 두 번째로 통일한 지 어언 4백 년, 아주 강한 힘과 찬란한 문화를 자랑하던 한나라는, 저녁에 서쪽 산으로 지려는 해처럼 빛을 잃어 갔어.

그때에는 궁궐에서 황제를 모시는 큰 세력이 셋 있었어.

황제 '환제'는 환관들만 총애하여, 사대부들을 감옥에 가두었다가
멀리 귀양을 보내는 등 아예 벼슬을 하지 못하게 했어.
벼슬은 꿈도 꾸지 마!
나라 꼴이 어찌 되려고 이러누.
어린 나보고 뭘 어쩌라고…….
환제가 죽고 '영제'가 황제 자리에 올랐는데, 그때 나이 열두 살이었어.
사대부로서 어린 황제를 곁에서 모시는 태부 '진번'이었지.
영제는 두 대신을 곁에 두고 나라를 다스렸어. 외척으로서 장인인 대장군 '두무'와
골 골

그런데 환관 '조절'이 환관 무리들과 함께 황제를 내세우며 권력을 마음대로 휘둘렀어.
황제는 우리 환관들 편이야!
세상 뭐 볼 거 있어? 권력만 잡으면 땡이지! 안 그래?
에구, 시끄러워!
대장군, 환관들이 나라를 어지럽히고 있습니다.
한나라의 황실을 위해 당장 그들을 없애야 합니다.
당연하지요, 태부님.
그런데 그 비밀이 환관들에게 새어 나가 버렸어.
뭐? 우리를 모두 죽이겠다고?
당장 가서 두무와 진번을 없애 버려라!
예!

두무는 환관의 병사들에게 쫓겨 달아나다가 스스로 목숨을 끊고,
진번은 잡혀 감옥에서 죽임을 당했어.
외척의 우두머리 격인 두무와 사대부의 우두머리 격인 진번이 죽자,
외척과 사대부의 세력이 사라지고 환관들이 더 설쳤어.
욕심 많고 썩은 환관들이 날뛰자, 농민들이 먹고살기가 어려워 세상이 온통 뒤숭숭해졌어.
에구, 이놈의 세상이 어찌 되려고……
배고파요. 앙앙!
그리고 아주 이상한 일들이 계속 생겼어.
이상한 일들요?
궁궐 안에서 황제가 자리에 앉으려고 하는데, 갑자기 세찬 바람이 불더니,
휘이잉

파랗고 커다란 뱀 한 마리가
대들보에서 황제의 자리로 툭 떨어져
똬리를 틀었어.
쉬이익
엄마야!
갑자기 번개가 무섭게 치더니,
우렛소리가 천지를 울렸어.
꽝
으악!
수도 낙양에는 지진이 나서
수많은 사람이 죽고 다쳤어.
우르르릉
앗!
지진이다.
살려 줘!
그리고 요상하게도, 암탉이
수탉으로 변했어.
꼬꼬께오오오
내가 왜 이렇게 우는지
나도 몰라!
도대체 왜 이렇게
괴상한 일들이
생기는고?
신 의랑
채옹 아뢰오.

여자와 환관들이 나랏일에 멋대로 끼어들기 때문이옵니다.
그때 사람들은, '자연의 변화는 신이 인간에게 주는 경고'라고 생각했었지.
뭐라고? 환관들이 나랏일에 끼어들기 때문이라고?
채옹 그놈, 안 되겠네!
환관 장양, 조충, 봉서, 단규, 조절, 후람, 건석, 정광, 하운, 광승 등 열 명이 동아리를 이루어
채옹에게 죄를 뒤집어 씌워 시골로 쫓아 버리자!
황제의 총애를 믿고 권력을 잡아 온갖 나쁜 짓을 일삼았어.
왜냐고? 우린 겁날 게 없거든!
이들은 모두 황제를 가까이서 모시는 '중상시'라는 벼슬아치였는데,
뻥

중상시를 줄여서 '상시'라고 했으며, 열 명의 상시이니까 '십상시'라고 한 거야.
그런데도 영제는 환관 장양을 좋아하며 '아버지'라고 부르기까지 했어.
아버지
후후! 세상에 더 이상 거칠 것이 없어라.
그러니 나라가 점점 어지러워져 백성들의 불만이 커지면서 도적들이 곳곳에서 벌 떼처럼 일어났어.
이 무렵 한나라는 전국이 13개 '주'로 나뉘고,
각 주는 여러 개의 '군'으로, 각 군은 여러 개의 '현'으로 나뉘어 있었는데,
유주
병주
기주
청주
연주
양주
(凉州)
사주
낙양
장안
서주
예주
익주
형주
양주
(揚州)
교주

주의 장관은 '자사'(또는 '목')라 하고,
주에서는 내가 제일 높지. 에헴!
군의 장관은 '태수',
자사 다음은 나여!
현의 장관은 '현령'(또는 '현장')이라고 했지.
나도 뭐, 만만치는 않아!
이때, 기주 거록군에 장각, 장보, 장량이라는 장씨 삼 형제가 살고 있었어.
맏이인 장각은 머리가 좋았지만 뇌물을 바치지 않아 과거에 급제하지 못하고,
뭐야? 도대체 인재를 몰라 주다니!
깊은 산에 들어가 약초를 캐다가 한 노인을 만났어.
웬 노인이지?
나를 따라오너라.

이 책들에는, 세상을 태평하게 하는 중요한 술법이 쓰여 있다.
이 책들로 열심히 공부해서, 하늘을 대신해 백성을 깨우치고 어려움에서 구해 주어라.
예, 감사합니다.
그러나 네가 이 책을 읽고 조금이라도 나쁜 마음을 품으면 하늘이 벌을 내릴 것이니 명심해라.
예, 잘 알겠습니다, 할아버지!
노인은 말을 마치자, 한 줄기 바람처럼 사라져 버렸어.
장각은 집으로 돌아가 그 책들을 열심히 읽어,
어?
풍
또 밤새워 공부!

마침내 도술을 깨달아, 바람을 일으키고 우레를 불러왔어.
짜르릉
휘
이이잉
오오, 된다, 돼!
나는 이제 대성들이다!
이때, 온 나라에 이상한 전염병이 퍼져 많은 백성들이 죽어 갔어.
그래! 전염병은 내가 부적으로 다스린다.
자, 부적을 불에 태워 재를 물에 푼 '부수(부적물)'다. 한번 마셔 봐!
오, 병이 감쪽같이 나았어!
나도!
정말 신통해!

장각 님은 하늘이 내리신 분이셔!
암, 그렇고 말고!
그러니까 장각 님을 잘 받들어야 해!
오오, 어리석은 백성들이여!
오빠!
와!
나는 아주 어질고 훌륭한 스승, '태평도사'이다!
와아아
와아
사랑해!
오빠!
장각은 자기를 따르는 백성들로 '태평도'라는 종교 단체를 만들고, 신도를 많이 모았어.
太平道
장각의 제자 5백여 명이 전국 곳곳을 돌아다니며 부수로 백성들의 병을 고쳐 주자, 태평도 신도가 엄청나게 늘어났어.
태평도 만세!
부수 맛이 어떠냐?
끝내줍니다요.

장각은 이 신도들을 군대처럼 조직하고, 각 조직의 우두머리를 '장군'이라고 했어.
난 장군!
그럼…… 난 멍군인가?
넌 멍청이!
그리고 장각은 말을 지어 퍼뜨렸어.
푸른 하늘의 시대는 끝났다! 이제 누런 하늘의 시대가 온다!
'푸른 하늘의 시대'는 한나라 시대를 가리키고, '누런 하늘의 시대'는 장각이 새로 세우고자 하는 새 나라를 가리켰어.
그래서 누런 수건을 머리에 둘렀군요.
세상이 어지러워지면, 언제나 이런 요상한 거짓말로 백성을 속여 이용하는 사람이 나타나지.
민심을 얻기는 무척 어렵다. 그런데 지금, 사람들의 마음이 우리에게 쏠렸다.
이런 기회에 천하를 손에 넣지 못하면 크게 후회할 것이다.
맞습니다, 형님.

너희는 모두 하늘의 뜻에 따라 한나라를 무너뜨리고,
자아! 이제 한나라의 운수는 끝났다! 그래서 우리가 일어났다!
새 나라를 세워 태평세월을 누리도록 하라!
왁!
와아
나는 '천공장군', 동생 장보는 '지공장군', 장량은 '인공장군'이 되어 앞장서겠다!
모두 우리를 따르라!
천공 장군님
만세!

천공장군, 지공장군, 인공장군이 뭐예요?
천(天)은 하늘, 지(地)는 땅, 인(人)은 사람이니,
'하늘 장군', '땅 장군', '사람 장군'이라는 뜻이겠지.
옛 중국 사람들은 '천·지·인'을 우주의 바탕이라고 생각했으니까,
세 장군이 곧 세상의 장군이라는 뜻이었을 거야.
황건(누런 수건)을 머리에 두르고 장각의 반란에 따른 무리가 전국 각 곳에서 4, 50만 명이나 되었어.
그들은 관청을 습격해 불을 지르고, 사람들을 죽이고 재물을 빼앗았어.
와아아아아

그래서 사람들은 그들을 '황건적(누런 수건을 두른 도적들)'이라 하고, 그들의 반란을 '황건적의 난'이라 했어.
황제 영제가 대장군 하진을 불렀어.
대장군은 빨리 황건적을 무찌르시오.
알겠습니다, 폐하!
나라의 병권을 쥔 하진은 하 황후의 오빠로 영제의 처남이었어. 그러니까 외척의 우두머리였지.
하진은 곧 전국 각 곳의 벼슬아치들에게 황제의 명령서인 '조서'를 보냈어.
모두 성을 단단히 지키고, 황건적을 무찔러 공을 세우라!
황건적들이 무서워! 달아나자!
그리고 중랑장인 노식, 황보숭, 주준을 불러 명령했어.
그대들은 군사들을 이끌고 가서 황건적을 치도록 하시오.
궁궐을 지키는 병사들을 '중랑'이라고 했는데,
중랑들을 지휘하는 각 부대의 우두머리를 '중랑장'이라고 했어.

이 무렵, 황건적의 한 무리가 한나라 북동쪽에 있는 유주로 쳐들어갔어.
유주를 다스리는 자사인 유언은 황실의 후손이었어.
왕아!
한나라는 유방이 항우를 무찌르고 세운 나라여서, 유씨 성을 가진 사람들이 높은 벼슬을 많이 했지.
유언은 곧 무관인 추정을 불렀어.
황건적들이 쳐들어 오는데, 어떻게 하면 좋겠는가?
황건적은 많고 우리 관군은 적습니다.
이리하여 유주 탁군의 탁현에도 방문이 붙었지.
그런데도 폐하께서 도적들을 치라는 조서를 내리셨으니, 빨리 의용군을 모집해 적을 무찌르셔야 합니다.
황건적을 무찌를 의용군을 모집함.
유주 자사 유언

한 젊은이가 방문을
읽고 한숨을 쉬었어.
그는 성이 '유', 이름은
'비', 자는 '현덕'인데,
나이 스물여덟 살
이었어.

성하고 이름은
알겠는데, '쟈'는
뭐예요?

옛날 중국 사람들은 남의 이름을
소중히 여겨 함부로 부르지 않고,
그 사람의 자를 부르는 경우가
많았단다.
존경을 나타내거나
예의를 지켜야 할
경우에는 이름 대신
자를 불렀어.

그런데 옛날
중국식으로 이름과
자를 쓰면 몹시 번거롭고
외우기도 힘들어서, 특별한
경우가 아니면 현대의
우리식으로 쓰겠다. 참고로,
삼국지를 지은 '나관중'의
'관중'은 자이고, 이름은
'본(本)'이라는 사실도
알아 두면 좋지.

남자에게는 스무 살이 되어 성년식을 치를 때,
여자에게는 열다섯 살이 되어 머리에 비녀를 꽂는
계례를 치를 때에 자를 지어 주었지.

네 자는
'꽃돈'이니라.

유 비 현덕
〈성〉 〈이름〉 〈자〉

유비는 황제의 후손이었지만, 아버지가 작은 벼슬을 하다가 일찍 돌아가셔서,
탁현에서 홀어머니를 모시고 가난하게 살고 있었어. 삼으로 신발을 삼고 갈대로 삿자리를 엮어 팔아서 생활했는데,
성품이 너그럽고 말수가 적었으며, 기쁨이나 슬픔, 노여움 등을 얼굴에 잘 드러내지 않았어.
그리고 일찍이 황실의 후손으로서 큰 뜻을 품어, 천하의 호걸들과 사귀는 것을 좋아했지.
탁현 누상촌에 있는 유비의 집 옆에 큰 뽕나무 한 그루가 서 있었는데,
멀리서 보면 높은 벼슬아치의 수레 위에 씌우는 해가리개 같았어.

어느 날, 한 나그네가 유비의 집 앞을 지나다가 걸음을 멈추고, 길가에 앉은 노인들에게 말했어.
저 집에서 틀림없이 귀한 사람이 나올 것이오.

유비는 어릴 때 동네 아이들과 그 뽕나무 아래에서 놀다 말했어.
내가 커서 황제가 되면, 이 뽕나무같이 멋진 해가리개가 있는 수레를 탈 거야.
유비의 작은아버지 유원기는 우연히 이 말을 듣고, 가난한 유비의 집을 늘 도와주었단다.
허허, 이 아이는 보통 아이가 아니구나. 가난한 유비의 집을 도와 주어야지.

유비가 열다섯 살이 되자, 어머니는 유비에게 고향을 떠나 세상을 돌아다니며 공부하게 했어. 그때 유비는 유명한 학자인 정현과 노식을 스승으로 섬기고, 공손찬 등 여러 사람을 벗으로 사귀었어.

유비가 방문을 읽고 길게 한숨을 내쉬자, 등 뒤에서 한 사나이가 걸걸한 목소리로 말했어.

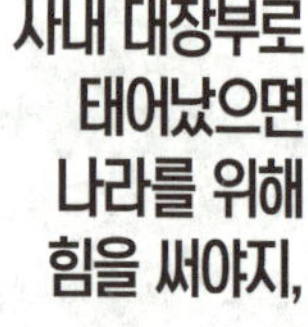

사내 대장부로 태어났으면 나라를 위해 힘을 써야지,

왜 길게 한숨만 쉬시오?
누구시오?
나는 성이 '장', 이름은 '비', 자가 '익덕'이오.
돼지를 잡고 술을 팔아 살면서 천하의 호걸들과 사귀기를 좋아하오.
방금 당신이 방문을 보고 한숨을 짓기에 한마디 해 본 거요.
대대로 이곳 탁군에서 살아 농사지을 땅이 꽤 있지만,
나는 한나라 황실의 후손인 종친으로서, 성은 '유', 이름은 '비', 자는 '현덕'이라 하오.
황건적이 난리를 일으켰다는 소식을 듣고, 도적들을 쳐부숴 백성들을 편안하게 해 주고 싶은 마음은 간절하지만,

지금 내게는 아무 힘도 없어 한숨을 쉬었던 것이오.
그렇다면 내게 재산이 꽤 있으니,
그 재산으로 마을의 젊은이들을 모아 큰일을 한번 벌여 보면 어떻겠소?
그렇게 할 수 있다면 좋겠소만…….
두 사람은 기뻐하며, 술집에 들어가 술을 마셨어.
자자! 싸나이가 말이야, 한잔 쭈욱!
이때, 한 사나이가 술집으로 들어서며 심부름꾼부터 찾았어.
술 좀 빨리 가져오슈! 당장 성안으로 들어가 의용군이 돼야 하니까!
어이, 여보슈!
저어……, 여보시오.

말씀을 들으니 우리와 뜻이 같은 것 같소. 이리 와서 같이 드시는 게 어떻겠소?
좋소. 그렇게 하지요.
얼루오슈
나는 성이 '관', 이름이 '우'이고, 자는 '운장'이오.
사람들을 괴롭히기에 그를 죽여 버리고 여기저기로 도망 다닌 지가 5, 6년 되었소.
하동군 해량현 사람인데, 고향에서 세력깨나 쓰는 사람 하나가
우리 두 사람도 의용군을 모아 황건적을 무찌를 의논을 하고 있었소.
그러고 보니 우리 세 사람의 뜻이 같군요.
이곳에서 황건적을 무찌를 의용군을 모집한다기에 왔소.
그렇다면 내 집으로 가서 앞일을 의논합시다.

세 사람은 술을 한 잔씩 마시고 장비의 집으로 가서 마주 앉았어.
집 뒤에 복숭아나무가 우거진 밭이 있는데, 지금 복숭아꽃이 활짝 피었소.
내일 복숭아밭에서 하늘과 땅에 제사를 지내고, 우리 셋이 형제의 의를 맺읍시다.
들던 중 반가운 말이오.
좋은 생각이오.
그래서 마음과 힘을 합치면 큰일을 해낼 수 있을 것이오.
이튿날, 세 사람은 복숭아밭에서 하늘과 땅에 제사를 드리고 맹세했어.
유비, 관우, 장비는 비록 성은 다르지만 형제가 되기로 했습니다.

우리는 마음과 힘을 합쳐 나라를 받들고 백성을 편안하게 하겠습니다.
우리는 같은 해, 같은 달, 같은 날에 태어나지는 못했으나, 같은 해, 같은 달, 같은 날 죽기를 바랍니다.
우리 세 형제 가운데 의리를 저버리거나 은혜를 잊는 사람이 있으면, 하늘의 신과 땅의 신께서 그를 죽여 주십시오.
맹세를 마치고 관우와 장비는 유비를 맏형으로 모시고, 관우는 둘째, 장비는 막내가 되었어.
이렇게 험상궂은 막둥이 보셨수?
이들이 형제가 된 이야기에서 '도원결의'라는 말이 생겼어.

桃園結義

복숭아 **도**　동산 **원**　맺을 **결**　의 **의**

⇒ 혈연 관계가 없는 사람과 친족 관계를 맺는 것

이때, 한 젊은이가 달려왔어.
웬 장사꾼 둘이 사람들을 거느리고 말 떼를 몰고 오고 있어요.
이것은 정녕 하늘이 우리를 도우시는 거로군.
알았다!
이런 걸 굴러 온 복덩어리라고 하나?
어서 오십시오. 어디로 가시는 뉘신지요?
아, 예. 우리는 중산국의 큰 장사꾼으로, 저는 장세평이고, 같이 온 사람은 소쌍이라고 합니다.
우리는 해마다 북쪽 지역에 가서 말을 파는데,
이번에는 황건적의 난이 일어나 길이 막혀 그냥 돌아오는 길입니다.
우리는 황건적을 무찔러 백성들을 편안하게 하려고 의용군을 모집했습니다.

오, 참으로 좋은 일을 하십니다.

그렇다면 말 50필과 금 500냥, 좋은 철 1,000근을 드릴 테니, 황건적을 무찌르는 데 써 주십시오.

고맙습니다, 고맙습니다.

장세평 일행이 돌아가자, 유비는 곧 솜씨가 뛰어난 대장장이를 불러, 장세평이 준 철로 특별한 무기를 만들게 했어.

내 솜씨에 모두 놀랄 거다!

깡 깡 깡 깡

유비의 무기로는 두 자루의 검인 '쌍고검'을 만들고,

관우는 '청룡언월도',

장비는 '장팔사모'.

쌍칼이라 불러 다오.

푸른 용 무늬에 날이 반달처럼 흰, 자루가 긴 칼이야. 무게가 무려 82근!

길이가 한 장(10자) 여덟 자나 되는 뱀처럼 긴 창.

저는 한나라 황실의 종친으로서, 나라와 백성을 위해 싸우고자 의용군을 모집해 왔습니다.

황실의 종친이라면 나와 먼 친척이 되는군. 반갑네!

자사님, 황건적 장수 정원지가 5만 군사를 거느리고 쳐들어오고 있습니다!

나라를 배반한 역적들아!
빨리 항복하지 못하겠느냐?
아, 아니, 뭐라고? 저놈이
감히 누구더러?
등무는 뭘
하느냐?
당장 가서 저 건방진
놈의 목을 베도록 해라!
이놈! 하룻강아지가
장비 무서운 줄
모르는구나!
등무
나가신다아!
으악!
오냐, 제법이로구나.
정원지가 등무의 원수를
갚아 주마!
너는
이 관우가
상대해 주지!

츠
아
악!
청룡언월도는
이렇게 쓰는 거란다!
꺅!
또 뎅겅이네!
아이고!
이거 어떻게
된 거야?
정원지 장군까지
'꺅' 해 버렸으니.
우리야
당연히
도망
쳐야지!
쫓아가서 모조리
무찔러라!
와
아
엄마야!
항복, 항복!
살려 주셔유!

첫 싸움에서 크게 이겼으니 아주 장하네.
운이 좋았을 뿐입니다.
청주 자사 공경에게서 공문이 왔는데,
황건적이 많이 몰려와서 성이 위태로우니, 빨리 와서 도와 달라는 내용이네.
추정은 군사 5천 명을 데리고 유비와 함께 청주로 가게!
알겠습니다!
제가 가서 돕겠습니다.
와
아!
황건적의 포위망을 뚫어라!

와아아!
청주성을 도우러 온 관군이다!
몇 명 안 되니 모조리 쳐부숴라!
죽여라!
우르르르
달아 나자!
군사가 적은 유비와 추정은 어쩔 수 없이 30리쯤 물러나 진영을 세웠어.
황건적은 많고 우리는 적으니, 꾀를 써야 이길 수 있다.
이크, 적의 수가 너무 많다.
장비는 군사 1천 명과 함께 산 오른쪽에 숨어 있다가, 내가 황건적들을 꾀어 끌고 와
징 소리를 울리면 한꺼번에 달려 나가 무찔러라!
관우는 군사 1천 명을 거느리고 산 왼쪽에 숨고,

원래, 북소리를 울리면 공격하고, 징 소리를 울리면 군사를 물리게 되어 있는데,
유비가 꾀를 써서 신호를 반대로 해 적을 속이려 한 거야.
할아버지, 학교 선생님께서 남을 속이면 안 된다고 하셨는데요?
맞아요!
물론 남을 속이면 안 되지.
하지만 축구나 농구 등 운동 경기나 전쟁의 경우, 흔히 속임수를 쓴단다.
축구 경기 중계 방송을 하는 아나운서가
아, 김영철 선수가 페인트 모션을 쓰고 있습니다.
여기서 '페인트' 또는 '페인트 모션'은 '상대를 속이기 위한 동작'을 말하지.
아, 그렇군요.
올리
조라

황건적들을 무찔러라!
어제 혼쭐이 나서 달아난 애송이들이 또 오네?
둥둥둥!
와아아!
한 놈도 놓치지 말고 저승으로 보내라!
그래! 또 한번 해 보자구!
챙 채 챙
얏!
와아!
으악!
악!
에잇!
안 되겠다! 후퇴하라!

관군들이 달아난다!
쫓아가 모조리 때려
잡아라!

와
아
아!

그래, 황건적들이
저렇게 쫓아와야
작전이 맞아떨어지지.

께 께

산 고개를 넘자 유비, 추정의 군사들이
일제히 뒤돌아섰어. 그리고 징을 울렸어.

어? 징을 울리며
덤비다니? 이건 규칙
위반이잖아!

전쟁에
무슨 규칙이
있나?

징 징

어서 오너라,
이 도적들아!

이놈들!
관우가 너희들을
기다린 지
오래다!

와
앙!

와
앙!

장비도 여기
있다! 도적놈들은
항복하라!

엄마야! 양쪽에서
복병들이…….

앞과 왼쪽, 오른쪽에서 유비의 군사들이 일제히 공격하자, 황건적들은 달아나기 시작했어.
도망쳐라!
이제 우리가 달아날 차례인가?

이때, 청주성 문이 열리고, 태수 공경이 군사를 이끌고 몰려나왔어.
황건적들을 쓸어 버려라!
와아아

챙
채 챙
와아!

결국, 이 싸움에서 황건적들은 크게 져서 달아나 버렸어.
누구 내 신발짝 하나 못 봤니?
팔자 좋은 소리 하고 있군.

성을 포위한 황건적을 물리쳐 주어서 고맙소.
병사들이 용감하게 싸워 준 덕분입니다.

이튿날, 유비는 자신의 군사를 이끌고 청주성을 떠났어.
중랑장 노식 선생이 광종에서 황건적의 우두머리 장각과 싸우고 계신다고 한다.

노식 선생은 내가 전에 스승으로 모신 적이 있으니, 가서 도와 드려야겠다.
선생님, 안녕하셨습니까?
유비 아닌가? 고맙네, 먼 곳까지 와 주어서.

나는 5만의 군사로 장각의 15만 군사를 막고 있는데, 승부가 나지 않네.
장각의 두 동생 장량과 장보가 영천에서 황보숭, 주준과 겨루고 있다네.

내가 관군 1천 명을 줄 터이니, 함께 이끌고 영천으로 가서 두 장군을 돕도록 하게!
네, 알겠습니다!
유비는 곧 군사를 이끌고 영천으로 향했어.
이때 영천에서는, 황보숭과 주준이 작전을 세우고 있었어.
적들이 풀밭에 진을 치고 있으니, 불로 공격하는 게 어떻겠소?
그거 아주 좋은 계책이오!
황보숭과 주준은 밤이 되길 기다려 황건적의 진영에 불을 질렀어.
우왓, 불이다!
앗, 뜨거! 도망쳐라!
이때다! 도망치는 황건적들을 쳐라!
아, 겨우 살았네!
빨리 멀리 달아나야 해요!

이때, 갑자기 한 무리의 관군이 나타나 도적들의 앞을 막았어.
쥐새끼들! 어디로 달아 나느냐?
앞선 장수는, 황제 호위군을 거느리는 '기도위'라는 벼슬의 젊은이인데, 성은 '조', 이름도 '조', 자는 '맹덕'이었어.
앗, 이건 또 뭐여?
조조의 아버지 조숭은 원래 '하후' 씨 였는데,
또 관군?
중상시인 환관 조등의 양자가 되어 '조' 씨가 되었어.
조조는 어릴 때 이름이 '아만'이었고,
사냥과 노래와 춤을 좋아했어.
그리고 그는 어린 나이에 벌써 권모술수를 알고 임기응변이 빨랐어.
'권모술수'는 뭐고, '임기응변'은 또 뭐예요?

'권모술수'는 '목적을 이루기 위해 수단과 방법을 가리지 않는 꾀'를 말하고,

'임기응변'은 '그때그때 형편에 맞게 일을 바로바로 처리하는 것'이라고 할 수 있어.

한마디로 말해 조조는 어렸을 때부터 꾀가 많고,
아이처럼 어수룩한 데가 없이 얄밉도록 똑똑했다고 할까?

조조의 작은아버지는 이러한 조조를 늘 못마땅하게 생각해서,
쯧쯧……. 저 녀석, 오늘도 못된 짓만 하는군.

조조가 장난질을 칠 때마다 형인 조조의 아버지에게 일러바쳤어.
글쎄, 아만이 녀석이 오늘도…….

예끼, 이 못된 녀석!
아얏!

뭐야, 작은아버진 만날 고자질해서 나를 매 맞게 하고……. 어디 두고 보자!

어느 날, 조조는 작은아버지가 문 안으로 들어오는 것을 보고 갑자기…….
끄아앙!
아니, 왜, 왜 그러니, 갑자기?
혀, 형님, 크, 큰일 났어요! 아만이가 풍을 맞아서…….
뭐, 뭐라고? 풍?
아, 아만아!
아니, 풍을 맞았다더니 괜찮으냐?
제가 풍을 맞아요?
작은아버진 절 미워해서, 번번이 아버님께 거짓 고자질을 하셔서, 그때마다 전 억울하게 매를 맞았다고요.

그 뒤 조조의 아버지는 동생이 아무리 조조의 잘못을 이야기해도 믿지 않았어.
어린 조카를 못살게 구는 못된 녀석 같으니!
조조가 청년이 되었을 때, 사람 잘 보기로 소문난 '허소'라는 사람이 조조를 보고 말했어.
허허, 그대는 세상이 태평할 때는 유능한 신하가 되고,
세상이 어지러울 때는 간사한 영웅이 될 거네.
와하하
유능한 신하, 간사한 영웅이라……. 좋지, 좋아!
조조는 스무 살 때 벼슬길에 들어서서 궁궐을 지키다가, 도읍인 낙양의 일부를 지키는 '낙양 북부위'가 되었어.
성문에 오색 몽둥이를 매달아 놓고, 법을 어기는 자는 누구든 가만두지 않겠다.
낙양 북부의 치안을 맡은 자리지!
그런데 어느 날 밤…….
누구냐?

나다, 왜? 중상시 건석의 작은아버지시다!
밤에는 통행금지란 걸 모르시오?
아, 글쎄…… 내가 중상시 건석의 작은아버지라니까.
흥!
중상시 건석은 십상시 가운데 한 사람으로, 사람들이 그 이름만 들어도 벌벌 떠는 권력가였어.
건석의 작은아비든 큰아비든, 법을 어긴 사람은 벌을 받아야 한다!
뻑
아이고, 이놈이 사람 잡네!
그 일이 있은 뒤로는 아무도 법을 어기는 사람이 없게 되고,
조조의 이름이 널리 알려졌어.

그 뒤 조조는 동군 돈구현의 현령으로 있다가 황건적이 난을 일으키자, 기도위가 되어 군사 5천 명을 거느리고 황건적을 무찌르러 영천으로 가는 길이었어.
황건적을 한 놈도 빠짐없이 무찔러라!
다른 관군이다!
도망쳐라!
조조는 황보숭과 주준을 만났어.
장량과 장보는 제가 맡겠습니다.
그럼 승리를 빌겠소.
이때, 유비도 군사를 이끌고 영천에 도착했어.
광종의 노식 선생께서 저에게 이곳으로 가 두 분을 도우라고 하셨습니다.
장량과 장보는 우리의 불 공격을 받고 달아났는데, 기도위 조조가 뒤를 쫓아갔소.
그들은 틀림없이 광종에 있는 장각에게 갈 것이오.
유 장군은 빨리 광종으로 가서 노식 장군을 도우시지요.

유비는 곧 군사를 돌려, 왔던 길을 거꾸로 달려 광종으로 향했어.

빨리 가서
노식 선생님을
돕자.

가만, 저기 함거가 가는데?
죄인을 잡아가는 모양이군.

아니, 저분은
노식 선생님이시다!

선생님, 대체 이게
어찌 된 일입니까?

내가 장각을 에워싸고
싸우는데, 장각이 이상한
요술을 부리는 바람에
이기지 못했네.

예? 요술을요?
조정에서 환관 좌풍을 내게 보내 사정을 알아보게 했는데,
이 자가 나를 보자마자 뇌물을 바치라고 하더군.
뇌물을요?
내가 '군사들 먹일 식량도 모자라는데 어떻게 돈을 드리겠소?'라고 했더니,
화를 내며 조정에 돌아가, 내가 성을 지키기만 할 뿐 싸우지 않아
군사들의 사기를 꺾어 놨다고 모함하는 바람에,
저런 나쁜 놈이 있나?
황제께서 중랑장 '동탁'을 내려보내 나 대신 군사를 거느리게 하시고, 나를 잡아들이라 하셨다네.
아니, 뭐, 뭐라고요?

형님, 비키쇼! 내 저 관군 놈들을 다 해치우고 노식 선생님을…….
안 된다. 조정에서 조사를 할 것이니, 경솔하게 설치지 마라!
이때다! 도망쳐라!
도대체 우리에게 무슨 죄가 있다고 저 난리야?
저렇게 무서운 장수는 처음 봤어!
우르르르
형님, 노 장군께서 잡혀가시고 다른 사람이 군사를 거느린다고 하니, 광종엔 갈 필요가 없겠네요.
차라리 잠시 탁군으로 돌아가 때를 기다립시다.
그래, 그렇게 하자.

유비 일행이 탁군을 향해 북쪽으로 가고 있을 때였어.
와아아
왓!
이게 무슨 소린가?
왓!
장각의 황건적에게 관군들이 쫓기고 있다.
빨리 가서 관군들을 구하자!
우왁!
뭐, 뭐야, 얘네들은?
관군도 아닌 것이…….
왁아
황건적 놈들을 모조리 쳐라!

황건적들을 무찌르고 동탁을 구한 유비는 관군의 진영으로 갔어.
오오……, 나를 구한 그대들은 벼슬이 무엇인고?
우린 벼슬이 없습니다.
황건적으로부터 나라와 백성을 구하려고 나선 의병들입니다.
벼슬이 없는 의병?
별거 아니었군. 난 또……. 어서들 가 보게나.
무시
왝
뭐, 뭐라고? 황건적에게 쫓겨 죽게 된 것을 살려 주었더니, 뭐? 벼슬이 없다고 그냥 가 보라고?
저런 무례한 놈을 봤나! 당장 죽여 버릴 테다!

2. 대장군과 환관들

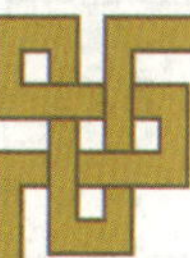
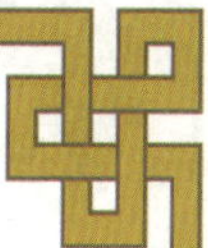
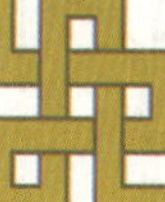

동탁은 중국 대륙 북서쪽 지역인 양주의 농서군 임조현 사람으로

엄!

하동군 태수였는데, 잘난 체하며 사람을 얕잡아 보기를 잘했어.

못난 것들은 나를 잘 받들어라!

흥!

장비, 참아야 해! 동탁은 조정에서 임명한 벼슬아치이니 함부로 죽이면 안 돼!

형님, 저런 놈을 살려 두고

그 밑에서 부하 노릇이나 하잔 말이우?

난 싫소! 형님들이나 여기 있고 싶으면 있으시오! 난 다른 데로 가겠소!

우리 세 사람은 한날 한시에 죽기로 다짐했는데 어떻게 떨어진단 말이냐? 가려면 함께 가야지.

그렇게 말하니 내 화가 좀 풀리오.

세 사람은 곧 군사를 이끌고 주준을 찾아갔어.

와 줘서 고맙소. 힘을 합쳐 장보를 칩시다.

한편, 조조는 이때 황보숭과 함께 곡양에서 장량과 크게 싸우고 있었어.

주준은 유비와 함께 장보를 치러 나섰어.

장보는 8, 9만 명의 황건적을 이끌고 산 뒤쪽에 머물러 있었어.

온다!

드디어 주준과 장보의 군사들이 맞섰는데, 유비의 군사가 선봉으로 나섰어.

장보가 부장 고승을 내보냈어.

누가 감히 나와 싸우겠느냐?

유비는 장비를 내보냈어.
그렇게도 내 창 맛을 보고 싶으냐?
챙 채 챙
장비는 몇 합 싸우지도 않아, 고승을 창으로 찔러 말 아래로 떨어뜨렸어.
으악!
할아버지, '합'이 뭐예요?
칼이나 창 등 무기를 가지고 싸울 때, 칼이나 창이 마주치는 횟수를 세는 단위란다. 한 번 부딪치면 1합, 열번 부딪치면 10합이지.
두 장수가 말을 타고 싸우는데, 창이 공중에서 부딪쳐 불꽃을 튀겼지.
장비가 이겼다! 모두 가서 황건적을 무찔러라!
와아!

그러자 장보가 말 위에서 머리카락을 풀어 헤치고 칼을 높이 들어 올려 요술을 부리기 시작했어.
우우
우우
갑자기 거센 바람이 불고 번개와 우레가 치며 캄캄한 하늘에서 많은 병사와 말들이 쏟아져 내려왔어.
휘
꽈르릉
이이잉
엄마야! 유령 군대다! 사람 살려!
하, 하늘에서 군사들이……!
우왓! 이게 웬 조화냐?
이 요술은, 산골짜기에서 불어오는 바람을 이용한 속임수였어.

유비는 제대로 싸워 보지도 못하고 진영으로 물러나 주준과 마주 앉았어.
장보가 요술을 부리니, 군사들에게 돼지와 양, 개들을 잡아 그 피를 받아 가지고
언덕 위에 숨어 있다가, 장보가 또 요술을 부릴 때 그 피를 뿌리게 하시오. 그러면 요술을 깨뜨릴 수 있을 것이오.
알겠습니다.
이튿날, 장보가 군사를 이끌고 와서 싸움을 걸어, 또 싸움이 벌어졌어.
와
왕아!
장보는 전날처럼 또 요술을 부렸어.
모래가 날리고 돌이 구르는 가운데 황건적들이 쏟아져 내렸어.
우우
우
꽈르릉
또, 또 요술이다!

도망쳐라!
쫓아라! 쫓아가서 모조리 박살 내라!
장보가 군사를 몰고 고개 아래에 이르렀을 때, 숨어 있던 관우와 장비의 군사들이 양쪽에서 나타나,
와
와!
뭐, 뭐여, 이건 또?
황건적들에게 피를 뿌렸어.
옜다, 돼지 피다!
개 피도 여기 있다!
좌
아
악
그러자, 하늘에서 종이를 오려 만든 사람들과 풀잎으로 만든 말들이 눈 내리듯 떨어지며 바람과 우레가 멎었어.
에구, 완전 들통 났다! 후퇴하라, 후퇴!
딱지다
이게 뭐여? 종잇조각 아녀?
허깨비 장난이네?

어딜 도망 치시겠다고? 관우가 여기 있다!
안 되겠다! 뒤로 도망쳐라!
장비도 이쪽에서 폼 잡고 있시유!
와아아
와
도적들은 항복하라!
장보가 도망친다! 장보의 저 지공장군 깃발을 보고 쫓아라!
地
와아!
장보는 길을 버리고 산속으로 달아났어.
나라도 살아야지.
이놈, 장보야! 어딜 달아나느냐? 유비의 화살을 받아라!

야!
장보는 화살이 꽂힌 채 영천군 양성으로 도망쳐 들어갔어.
성문을 닫아 걸어라!

성을 포위하고 성문을 부숴라!
아이고, 저놈들이 끈질기게도 쫓아오네. 꼭꼭 숨어라. 머리카락 보일라!
장난치니?

한편, 주준은 황보숭이 어떻게 싸우고 있는지 알아보았어.
그건 왜요?

황건적이 난을 일으켰을 때, 조정에서 세 중랑장을 불러 황건적을 치게 한 것 기억나니?
예.
그중에 노식은 황건적과 싸우지 않았다는 누명을 쓰고 잡혀 갔지?
예, 맞아요.

그래서 주준은 황보숭이 어떻게 싸우고 있는지 궁금했던 거야.
경쟁심 때문이었군요.
맞아.
나, 황보숭, 또 이겼어.
황보숭은 이렇게 싸울 때마다 이기는데, 동탁은 지기만 했어.
안 되겠다. 저 동탁은 물러나게 하고, 동탁의 군사를 황보숭에게 맡겨라!
잘렸다.
아주 뛰어난 선택!
장각은 썩 나와 내 칼을 받아라!
장각 형님은 병들어 돌아가셨다. 인공장군인 나 장량이 상대해 주마!
와다다다

형님이 언제 돌아가셨니?
?
너도 따라 가거라!
황보숭은 일곱 번 싸워 모두 이기고, 장량의 머리와 장각의 머리를 조정으로 보냈어.
우리 황건적 무리들은 모두 항복…….
소금은 쳤니?
조정에서는 황보숭의 벼슬을 올려, 대장군에 버금가는 '거기장군'으로 삼고,
기주의 '목'도 맡게 했어.
황보숭은 조정에 "노식은 공은 있지만 죄는 없습니다."라고 아뢰어, 노식이 원래의 벼슬을 찾게 했어.
고맙다, 황보숭!

한편, 조조도 공을 세워,
제남국의 '상'이 되었어.

경쟁 상대인
황보숭이 많은
공을 세워
나를 앞서고,

젊은 조조도
눈부시게
출세했구나.

나도 빨리 공을
세워야 해.

단숨에 성을
깨뜨려라!

아이고, 주준이 진짜
독 올랐나 봐!

주준 장군님,
저는 황건적 장수
엄정입니다. 여기, 장보의
머리를 잘라 왔습니다.
항복합니다.

드디어
한 건 했군!

이즈음, 황건적의 남은 무리 가운데
조홍, 한충, 손중이 황건적 수만 명을
모아 들고일어났어.

장각 장군의 원수를
갚아야 한다!
우리를 따르라!

조정에서는 주준에게 그들을 치게 했어.
황건적들이 닥치는 대로 불을 지르고 백성들의 재물을 빼앗는다니, 내가 그들을 쳐서 공을 세우리라!

주준의 군사는 황건적들이 차지하고 있는 형주 남양군의 완성에 이르렀어.
공격하라!
와아!
악
오냐, 잘 왔다! 나 한충이 상대해 주마!

유비는 성의 남서쪽 귀퉁이를 공격했어.
단숨에 쳐라!
한충은 군사를 이끌고 가서 유비의 군사를 막아 싸웠어.
공격이 맘대로 될까?
챙

이때, 주준은 남서쪽의 반대쪽인
성의 북동쪽 귀퉁이를 쳤어.

어? 남서쪽보다
북동쪽이 더 급하네?

부숴라!

북동쪽을
막아라!

쫓아라! 한 놈도
남기지 말고 쳐라!

와아!

결국 황건적들은 크게 져서 성안으로
도망쳐 성문을 굳게 닫았어.

꽁꽁
잠가라!

주준은 군사들을 모두 풀어, 성을
에워싸고 단단히 지키게 했어.

저어……

옛날 우리 한나라를 세우신 고조 '유방'께서 천하를 얻으신 것은
적들에게 항복 하기를 권하고, 항복하는 사람들을 받아들였기 때문입니다.
그런데 장군님께서는 왜 한충이 항복 하겠다는 것을 거절하십니까?
그때와 지금은 다르오!
항우가 힘이 있었던 그때는 세상이 아주 어지러워, 백성들이 누구를 따라야 할지 몰라 갈팡질팡했었소.
그래서 고조께서는 항복을 권하고, 제 발로 걸어 들어오는 사람들에게 상을 내리기 까지 하며 감싸 안았소.
그런데 지금은 천하가 통일되어 있고, 오직 황건적들만이 반란을 일으켰으니,

만약 도적들의 항복을 쉽게 받아 주면, 백성들에게 바르게 살기를 권할 수가 없게 되오.
'힘이 있으면 마음대로 도적질하다가, 힘이 약해지면 항복하면 된다.'고 생각하게 될 테니 말이오.
한충의 항복을 받아들이지 않은 것은 아주 옳습니다.
그런데 지금 우리가 성을 물샐틈없이 에워쌌으니 항복을 받아 주지 않으면
도적들은 죽기로 덤빌 수밖에 없을 것입니다. 그런 도적들이 성안에 수만 명이나 있습니다.
그러니 동쪽과 남쪽의 군사를 거두어 도적들이 달아날 길을 터 주고, 서쪽과 북쪽만 쳐야 합니다.
도적들은 틀림없이 싸울 마음이 없어 성을 버리고 달아나려 할 테니,

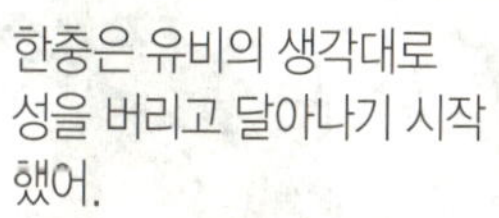

주준은 유비의 말대로, 동쪽과 남쪽의
군사를 거두고, 서쪽과 북쪽을 쳤어.

한충은 유비의 생각대로
성을 버리고 달아나기 시작
했어.

주준과 유비 일행은 한충을 쫓아가며
도적들을 무찔렀어.

한충은 주준이 쏜 화살을 등에 맞고 죽었어.

한충 장군이 죽었다!
으아아, 이제 우린 어떡하지?
에구! 걸음아, 날 살려 다오!
이때, 황건적의 조홍과 손중이 많은 군사들을 이끌고 나타났어.
우왁아
한충의 원수를 갚자!
적이 너무 많소. 잠시 물러가서 작전을 세웁시다.
그게 좋겠습니다.
주준의 군사가 잠시 물러가자, 조홍이 완성을 다시 차지했어.
쩜!
자! 한숨 돌렸으니 다시 성을 빼앗고 도적들을 모두 쓸어 버리자!

이때, 동쪽에서 한 무리의 군사들이 달려왔어.

앞장 선 장수는 나라의 남동쪽 지역인 오군의 부춘현 사람으로, 성은 '손', 이름은 '견', 자는 '문대'인데,

'손자병법'이라는 유명한 병법서를 쓴 손무자(손자)의 후손이었어.

손견은 열일곱 살 때 아버지를 따라 바닷가에 간 적이 있는데,

그때 해적 10여 명이 장사꾼들에게서 빼앗은 물건들을 나누고 있었어.

아버지, 제가 저 해적들을 혼내겠어요!

자, 요건 내 거, 이건 네 거……

하나 더 줘.

뭐라고? 너 혼자서? 미쳤니?

손견은 칼을 빼 들고 언덕에 오르더니, 장수가 군사를 지휘하듯 칼을 휘둘렀어.
저 해적들을 모조리 잡아라!
이놈들! 거기 서지 못하겠느냐?
앗, 관군이다!
도망치자!
악!
해적 한 명을 죽이고 나머지를 쫓아 버린 일이 알려져, 손견은 군관이 되었어.
뜬 거지!
그 뒤 이웃 회계군에서 허창이라는 사람이 반란을 일으키자, 손견은 군사들을 이끌고 가 반란군을 무찌르고 허창의 목을 베었어.
이 공로로 손견은 여러 현으로 옮아 다니며
이 역적 놈!
현의 우두머리인 현령을 돕는 현승 벼슬을 했는데,

황건적이 난을 일으키자, 군사를 이끌고 주준을 도우러 온 거야.
멀리서 나를 도우러 와 줘서 고맙소. 그대는 성의 남문을 치시오!

유 장군은 북문을 치시오! 나는 서문을 치겠소!
알겠습니다!

동문은 적들이 달아날 수 있게 공격하지 않았어.
여기는 왜 공격하지 않지?

손견은 맨 먼저 성벽으로 올라가 황건적을 쳤는데, 황건적 장수 조홍이 창으로 찌르려 하자, 그 창을 빼앗아 조홍을 찔렀어.
이놈!

또 다른 황건적 장수 손중은 부하들을 이끌고 북문으로 빠져 달아나다 유비의 화살에 맞아 죽었어.
풍
악!

주준은 마침내 황건적들을 모조리 무찌르고 낙양으로 돌아갔어.

장하도다, 주준!

조정에서는 주준의 벼슬을 거기장군으로 올리고, 오늘날의 서울특별시장 같은 '하남윤'도 맡게 했어.

주준은 유비와 손견의 공로도 크다고 조정에 알렸어.

손견은 조정 사람들에게 뇌물을 주고, 군사를 거느리는 부대장인 '별무사마'가 되었는데,

속닥 속닥

뭘 이런 걸……

유비는 뇌물을 쓰지 않아, 오랫동안 기다려도 벼슬을 받지 못했어.

전화기가 고장 났나?

유비는 답답해서 관우, 장비와 함께 거리를 걷다가 장균을 만났어.

장균은 황제를 가까이서 모시는 낭중 벼슬을 하고 있었는데, 유비와는 잘 아는 사이였어.

유 공 아니시오?

웬일로 거리를 돌아다니고 계시오?
의용군을 모아 황건적을 무찌르는 데 많은 공을 세웠건만 조정에서 아무런 보답이 없어, 함께 싸운 젊은이들 보기가 민망해서, 그저 바람이나 쐬려고……
원, 저런……, 쯧쯧!
너무 고지식해서지, 뭘!
폐하, 황건적이 반란을 일으킨 것은 십상시 때문이었습니다. 그들은 벼슬을 팔면서, 능력이 있고 공이 많아도 친한 사람이 아니면 벼슬을 주지 않고,
큰 죄를 지어도 자기들에게 뇌물을 바치면 벌을 주지 않아, 세상이 어지러워졌기 때문이었습니다.

이제라도 십상시들의 목을 치시고, 나라에 공을 세운 사람들을 찾아 상을 내리신다면, 나라가 태평해질 것이옵니다.
아, 아니, 뭐라고? 저놈이 누굴 잡으려고?
아, 아니옵니다, 폐하! 장균이 지금 폐하를 속이고 있사옵니다.
장균을 당장 쫓아내라!
황건적을 무찌르는 데 공을 세운 사람들이 벼슬을 주지 않자 불평을 많이 하는 것 같소!
우선 그런 자들의 입을 막게 조그만 벼슬을 주고,
나중에 기회를 봐서 쫓아냅시다.
그래서 유비는 정주 중산부 안희현의 현위가 되었어.
현위는 현의 치안을 맡는 벼슬이었지.

유비는 거느렸던 군사들을 고향으로
돌려보내고, 관우, 장비와 함께 꼭 필요한
사람 20여 명만 데리고 안희현으로 갔어.

유비가 현위 일을 한 지 한 달쯤 되자,
백성들은 유비를 칭찬했어.
이번 현위님은
뇌물을 바치라고
괴롭히지 않아
참 좋아.
진짜로
백성들을 위해
일하는 분이셔.

그런데 어느 날, 정주의 태수
밑에서 벼슬아치들을 감독하는
'독우'라는 벼슬을 하는 사람이
안희현에 왔어.
어서 오십시오,
독우님!
거만
허엄!

뭐야?
우습기 짝이
없는 작자군.
모가지를
확 비틀어
버릴까 보다.

유비는 독우를, 손님을 모시는 숙소로
안내했어.
유 현위는 어떤
사람인고? 그리고
어떻게 이곳 현위가
되었는고?

저는 황실의 후손인데, 황건적을 치는 데 공을 좀 세워 현위가 되었습니다.
이놈!
너는 황실의 후손이라 속이고, 거짓으로 공을 세웠다고 보고해서 벼슬을 얻었구나!
이번에 조정에서 명을 내려, 너 같은 엉터리 벼슬아치를 찾아 쫓아내라고 했느니라!
예……? 아, 예에…….
유비는 너무도 어이가 없어 대꾸도 못 하고 관아로 돌아와, 현의 낮은 관리인 현리들을 불렀어.
독우가 왜 저렇게 억지를 부리지?
나는 백성들에게서 재물을 조금도 빼앗지 않았는데, 무슨 재물이 있어 뇌물을 바치겠는가?
딱하셔!
그야 뻔하죠. 뇌물을 달라는 거지요.

독우는 현리 한 명을 잡아다 놓고 소리쳤어.
어서 말해라!
유 현위가 백성들을
어떻게 괴롭혔느냐?

나를 좀 들여보내 주시오.
독우님께 현리를 풀어
달라고 사정해야겠소.
어허……,
아무도
들여보내지
말랬소.

유비는 몇 차례나 숙소로 갔으나, 끝내
안으로 들어가지 못했어.
진짜 끈질긴
양반이네!

이때, 독우 때문에 화가 나서 술을 마신 장비가
숙소 앞을 지나다가, 숙소 문 앞에 모여 울고 있는
노인들을 보았어.
뭐여?
왜 그러고들
계슈?

독우가 현리를
잡아들여서,
유 현위님께
없는 죄를
뒤집어씌우려고
호통친다기에,
우리가
독우님을 만나
이야기하려고
왔는데,
문지기들이
몽둥이로
때려서…….

아니, 뭐라고요?
내 이놈들을!
썩 비키지 못하겠느냐?
백성들의 등이나
쳐 먹는 도적놈아,
내가 누군지
알겠느냐?
뭐, 뭐여,
저놈은?
장비는 다짜고짜 독우의 머리카락을 잡고,
관아 문 앞으로 질질 끌고 갔어.
장비는 독우를, 말 매는 말뚝에 매 놓고,
버드나무 가지를 꺾어 후려쳤어.
아이고,
내 머리카락
다 빠진다!
벌써
버드나무
가지
열 개가
부러졌어.
철써
철써!

아니, 장비야, 이게 무슨 짓이냐?
놔요, 형님! 백성들을 등쳐 먹는 이런 놈은 죽여야 해요!
유 현위, 나 좀 살려 주시오.
형님은 큰 공을 세우고도 겨우 현위 벼슬을 얻었는데, 저따위 독우한테 욕까지 보다니요.
가시덤불 속은 봉황이 깃들일 곳이 못 돼요.
저런 인간은 죽여 버리고, 벼슬도 버리고 고향으로 가서, 먼 훗날의 계획을 세우는 게 좋겠어요.
독우는 유비 일행이 떠나자, 곧 정주 태수에게 가서 이 사실을 일러바쳤어.
그래, 너 같은 나쁜 놈은 죽여야겠지만, 인정을 베풀어 살려 준다. 그리고 난 벼슬을 버리고 고향으로 돌아간다.
태수는 이 일을 조정에 보고하는 한편, 유비 등을 잡아들이라고 명령했어.

유비 일행은 대주 태수 유회를 찾아갔는데, 유회는 유비가 황실의 후손이라는 사실을 알고 집에 숨겨 주었어.
이 무렵, 황제의 총애를 받아 권력을 잡은 십상시들이 모여 의논했어.
황건적을 깨뜨린 공으로 벼슬이 많이 오른 장수들에게 금과 비단을 바치라고 했는데,
황보숭과 주준은 바치지 않았소.
우리 말을 듣지 않는 사람은 무조건 없애 버려야 하오.
폐하, 황보숭과 주준은 사실 공을 세우지 못하고 거짓 공로를 보고한 자들입니다. 벼슬에서 쫓아내야 합니다.
그리 하시오.
폐하께 말씀드려, 그들의 벼슬을 떼어 버립시다.
그래서 황보숭과 주준은 벼슬에서 쫓겨나고, 조충과 장양의 무리들은 더 높은 벼슬자리에 앉게 됐어.

조정이 이렇게 썩자, 백성들의 원망이 더 높아져 갔어.
무슨 나라 꼴이 이러냐?
죽어나는 건 우리 같은 백성뿐이지, 뭐.
마침내 형주의 장사군에서는 구성이라는 사람이 반란을 일으키고,
이대로는 더 못살겠다!
유주의 어양군에선 친구 사이인 장거와 장순이 반란을 일으켰어.
친구야, 한번 설쳐 보자!
그래, 친구 좋다는 게 뭐야!
이런 보고들이 조정에 빗발치는데도, 십상시들은 그 사실을 모두 숨기고 황제에게 아뢰지 않았어.
?
어느 날, 영제가 궁궐 뒤뜰에서 십상시와 어울려 술을 마시고 있는데, 황제에게 잘못이 있으면 지적하여 고치게 하는 간의대부 유도가 엎드려 울며 말했어.
지금 나라가 몹시 위태로운데, 어찌 폐하께서는 환관들과 술이나 들고 계십니까?

나라가 아주
태평한데
왜 위태롭다고
하시오?

곳곳에서 도적들이
난을 일으키고 있습니다!
십상시들이 벼슬을 팔아먹고
백성들을 괴롭히며
폐하를 속이고 있는데
왜 모르십니까?

올바른 신하들은 모두
벼슬에서 쫓겨나, 나라가
어찌 될지
크게
걱정됩
니다.

폐하!

대신들이 저렇게
저희들을 미워하니,
저희는 살 수가
없습니다.

목숨을 살려
주십시오. 그러면
고향으로 돌아가
재산을 모두 군비로
바치겠사옵니다.

이놈! 왜 내가
가까이하는 사람들을
함부로 나쁘게
말하느냐?

이때, 원로 대신인 사도
진탐이 영제 앞에 나섰어.

유도의 말이
옳습니다.

폐하께서 유도의 말을 듣지 않으시면 나라가 무너질 것입니다.
뭐, 뭐라고? 이 두 놈을 당장 옥에 가두어라!

십상시들은 그날 밤, 옥에서 유도와 진탐을 죽여 버렸어.

그리고 영제의 거짓 조서를 꾸며, 손견을 장사 태수로 임명하여 구성을 치게 했어.

손견은 50일도 되기 전에 구성을 죽이고 반란을 가라앉혔어.
장하다! 손견을 그의 고향인 오군 오정현의 현후인 오정후로 임명한다!
한편 십상시들은 유우를 유주 목으로 임명해, 어양으로 가서 장거와 장순을 치라고 했는데, 독우를 때리고 도망쳐 온 유비 형제를 숨겨 주고 있던 대주 태수 유회가 유비를 불렀어.
유 장군, 유우가 장거, 장순을 친다고 하오. 유 장군을 유우에게 추천할까 하는데 어떻겠소?
좋습니다.

도우러 와 주셔서 고맙소.
유비가 유우를 찾아가자, 유우는 크게 기뻐하며 유비를 군관인 도위로 삼아, 군사를 이끌고 반란군의 소굴로 쳐들어가게 했어.
유비는 며칠 동안 용감히 싸워, 반란군의 기세를 꺾어 놓았어.
쳐라!
와아아
달아나자!
어이구, 이 팔푼이 같은 놈들! 그깟 관군 놈들한테 밀려 도망쳐 왔니?
장순이 부하들에게 사납게 굴자, 중간 두목 하나가 장순을 죽여 머리를 베어 보자기에 싸 들고 유비를 찾아왔어.
장순의 머리를 가져왔으니, 목숨만 살려 주십시오.

장거는 사태가 이상하게 돌아가자, 목을 매 죽고 말았어.
이로써 어양의 반란도 끝이 났어.
유우가 유비의 공을 조정에 알리자, 조정에서는 전에 독우에게 매질한 죄를 용서하고, 유비를 청주 북해국 하밀의 현승으로 임명했다가,
청주 평원국 고당의 현위로 바꿔 주었어.
공손찬도 유비가 전에 세운 공을 조정에 알려, 유비는 평원 현령이 되었어.
유우는 반란을 평정한 공로로, 가장 높은 군사 장관인 태위가 되었어.
당연한 거 아니겠어?
이 무렵, 병이 깊어진 영제는 대장군 하진을 궁궐로 불렀어.
하진은 원래 백정이었는데, 누이가 황궁에 들어가 '귀인'이 되어

첫 황자 '변'을 낳아 황후(하 황후)가 되자, 황제의 외삼촌인 하진은 '국구'로서 권력을 잡아 높은 자리에 올랐어.
벼락 출세를 했지.
엄!
꿀
할아버지, '귀인'이 뭐예요?
황제는 아내를 여럿 두었는데, 정식 아내를 '황후',
그다음 첩인 아내를 '귀인', 또 그다음 첩인 아내를 '미인'이라고 불렀어.
영제는 또 '왕'씨인 미인을 사랑하여 둘째 황자 '협'을 낳았는데,
하 황후가 질투가 나서 독이 든 술을 먹여 왕 미인을 죽여 버렸어.
그래서 어머니를 잃은 협은 할머니인 동 태후의 궁궐에서 자랐어.
할미
영 제
하 황후
왕 미인
변
협
동 태후는 영제의 친어머니로서, 해독정후 유장의 아내였어.
영제 바로 앞의 황제였던 환제는 아들이 없어서, 유장의 아들을 양자로 들였는데,

이 양자가 환제의 뒤를 이어 황제 자리에 오른 영제였어.
영제는 황제의 자리에 오르자, 친어머니를 궁궐로 맞아들여, 황제의 어머니인 '태후'로 받들었어.
폐하!
첫째 황자 '변'이 아니라, 둘째 황자 '협'을 황태자로 삼으셔야 합니다.
나도 그렇게 생각하고 있어요, 어머니.
중상시 건석이 눈치를 채고 영제에게 은밀히 말했어.
영제는 건석의 말을 받아들여 하진을 궁에 불러들이라 했어.
하진이 궁궐 문에 이르자, 건석의 부하인 반은이 나와 맞았어.
협을 황태자로 세우시려면 먼저, 변의 외삼촌인 대장군 하진을 죽여 뒤탈이 없게 해야 합니다.
궁궐에 들어가지 마십시오. 건석이 대장군을 죽이려고 준비하고 있습니다.

반은은 건석의 부하였지만 하진과 친해서 비밀을 알려 주었어.
하진은 놀라 급히 돌아가 대신들을 불렀어.
수염도 안 난 환관 놈들이 감히 나를 죽이려 하고 있소. 놈들을 모두 죽여 없애야겠소.

전군교위 조조가 나섰어.
환관들은 오래전부터 세력이 커져서, 조정의 구석구석에 뿌리가 박혀 있는데, 어떻게 그들을 모두 죽일 수 있겠습니까?
만약 이런 말이 그들의 귀에 들어가기라도 한다면, 거꾸로 우리가 모두 죽게 될 것이니, 깊이 잘 생각해야 합니다.
뭐라고?

자네같이 어린 사람이 조정의 큰일을 어찌 알 수 있겠는가?
이때, 반은이 몰래 하진을 찾아왔어.
황제께서 이미 돌아가셨습니다.
정말인가?

그런데 건석 등 십상시들이 이 사실을 숨기고 가짜 조서를 만들어,
대장군님을 궁궐로 불러서 죽여 뒤탈을 없앤 뒤, 협을 황제로 세우려 합니다.
이런 쳐 죽일……!
반은의 말이 끝나기도 전에 궁궐에서 사람이 와서 조서를 하진에게 전했어.
빨리 궁궐에 들어와 다음 황제를 세우는 일을 의논하라고?
조조가 또 나섰어.
맨 먼저 해야 할 일은 황제의 자리를 바로잡는 것입니다. 그다음에 환관들을 없애야지요.
누가 나를 도와 황제의 자리를 바로잡고 환관 놈들을 없애겠는가?
사예교위 원소가 벌떡 일어났어.
저에게 날래고 용맹스런 군사 5천 명만 주시면, 곧 궁궐로 가서 새 황제를 세우고

환관들을 모조리 없애 조정을 깨끗이 하겠습니다.

원소는 대대로 아주 높은 벼슬을 한, 가장 이름 높은 집안의 아들인데, 자는 '본초' 였어.

하진은 크게 기뻐하며, 궁궐을 지키는 어림군 5천 명을 원소에게 주어 앞장서게 하고, 자신도 대신들을 이끌고 궁궐로 갔어.

이렇게 해서 하진은 첫째 황자 '변'을 새 황제로 세웠어.

이 황제가 '소제'였어.

황제폐하만세

한편, 원소는 건석을 찾아 나섰어.
건석이다! 저놈을 잡아라!
걸음아, 날 살려라!
건석은 급히 달아나다가, 정원의 꽃나무 아래에 숨었어.
머리카락 보일라……
이때, 같은 십상시인 곽승이 건석을 발견해 죽였어.
난 평소에 하진과 가까이 지내는 사이거든!
건석은 부하인 반은과 동료인 곽승의 배신을 알지 못해 목숨을 잃었지.
요즘도 가까운 사람들이 어린이들을 유괴하고 성추행까지 하잖아요.
언제나 가까운 사람을 주의하라고 선생님께서 말씀하셨어요.
원소는 하진에게 달려갔어.
이 기회에 환관들을 모조리 없애 버려야 합니다.

장양 등 환관들은 자신들의 처지가 위태롭게 되자, 급히 하 태후를 찾아갔어.

대장군을 해치려고 한 사람은 건석뿐이고, 저희들은 관계가 없습니다요.

대장군께서 원소의 말만 믿고 저희를 모두 죽이려 합니다. 태후 마마, 저희를 살려 주십시오.

걱정 마라. 내가 너희를 지켜 주겠다.

남편 영제가 죽고 아들 변이 황제가 되어, '하 황후'는 호칭이 '하 태후'가 되었어.

황제의 아내 ➡ 황후
황제의 어머니 ➡ 태후

하 태후는 곧 하진을 불러들였어.

오라버니, 우리는 보잘것없는 집안에서 태어났으니, 장양 등이 도와주지 않았다면 어찌 이렇게 부귀를 누릴 수 있겠어요?

건석은 나쁜 뜻을 품고 오라버니를 해치려다가 거꾸로 자기가 죽었어요.

건석이 죽었으면 됐지, 오라버니는 왜 남의 말만 듣고 환관들을 모조리 죽이려 하세요?
아, 그, 그게…… 그저……!
하진은 대답도 못 하고 물러나 대신들을 둘러보았어.
건석은 나를 죽이려 했으니, 그의 집안 사람들을 모두 없애 버리겠소. 하지만 다른 환관들을 죽이기까지 할 필요는 없소!
풀은 뿌리까지 뽑아 버려야 다시 자라지 않습니다. 환관들의 뿌리를 뽑지 않으면,
언제 또 그들이 우리를 해칠지 모릅니다.
나는 마음을 정했으니 더 말하지 마라.
하 태후는 이튿날 하진에게, 행정의 권한을 모두 가진 '녹상서사'를 맡도록 했어.

하 태후가 하진을 통해 모든 권력을 차지한 거지.
그러자 동 태후가 장양을 불렀어.
하진의 누이는 옛날 내가 궁궐로 데려왔는데, 그의 아들이 황제가 되었다.
그래서 신하들이 모두 그쪽에 몰려, 그쪽의 힘이 너무 세졌다. 나는 어떻게 해야겠느냐?
마마께서 조정에 나가시어 '수렴청정'을 하시지요.
황자 협을 '왕'으로 삼으시고, 폐하의 외삼촌 되시는 조카 동중에게 큰 벼슬을 내리시어
그러면 큰일을 이룰 수 있으실 것입니다.
군사를 부리는 권한을 갖게 하시며, 저희 환관들에게도 중요한 벼슬을 내려 주십시오.
오, 참으로 좋은 생각이다.

할아버지,
'수렴청정'이 뭐예요?

옛날, 왕이 어린 나이에
즉위하면, 그 왕의
어머니인 왕대비나

'발을 드리우고 나랏일에 관한 말을 듣는다.'라는 뜻이지.

험……

할머니인
대왕대비가
어린 왕을 도와
나랏일을
돌보던 것을
수렴청정이라고
한단다.

이튿날, 동 태후는 조회가 열리자 황자 협을 '진류왕'으로 삼고,
동중을 대장군에 버금가는 '표기장군'으로 삼았어.

그리고 장양 등
환관들도 나랏일에
참여토록 하라.

고, 고맙습니다요,
동 태후 마마!

하 태후는 시어머니인 동 태후가 권력을 잡고 나랏일을 마음대로 처리하자, 잔치를 벌이고 동 태후를 초대했어.
사람들이 술기운이 돌자, 하 태후는 동 태후에게 술잔을 받쳐 올리고 절을 두 번 한 뒤 입을 열었어.
여자들이 나랏일에 끼어드는 것은 좋지 않습니다.
옛날 고조 때 여 태후가 권력을 잡아 휘두르다가 그만, 집안사람이 천 명 넘게 죽임을 당했습니다.
그래서?
우리는 궁궐 깊숙이 들어앉아, 나랏일은 원로 대신들이 맡도록 해야 한다고 생각합니다.
네 아들이 황제가 되고 오라비 하진이 세력을 잡았다고 감히 나에게 함부로 떠드는구나!
부디 살펴 주십시오.
너는 왕 미인을 질투해 죽이더니,

두 태후는 조금도 지려고 하지 않고 다투다가, 장양 등이 말려서 각각 자기의 궁궐로 돌아갔어.

하 태후는 곧 하진을 불러 동 태후와 다툰 일을 얘기했어.

하진은 동 태후를, 궁궐로 오기 전에 살던 하간으로 내쫓고,

표기장군 동중의 벼슬을 뺏어 버렸어. 동중은 일이 잘못되어 간다는 것을 알고 자살했어.

동 태후 쪽이 무너지자, 장양과 단규는 바로 금, 구슬 따위를 싸 들고, 하 태후의 친오라비인 하묘와 어머니인 무양군을 찾아갔어.
태후 마마를 뵈시면, 우리에 대해 잘 말씀해 주십시오.
뭘 이런 걸…… 알았네, 알았어.
이래서 십상시는 전처럼 또 황제의 총애를 받게 되었어.
그해에 하진은 몰래 사람을 하간으로 보내, 동 태후를 독이 든 술을 먹여 죽이고, 관을 도성으로 옮겨 장사 지내게 했어.
나는 병 때문에 장례식에 못 간다.
원소가 하진을 찾아왔어.
장양, 단규 무리가 대장군께서 동 태후를 독살하고 큰일을 꾸미려 한다는 말을 퍼뜨리고 있습니다.
뭐, 뭐라고?
이번 기회에 환관 놈들을 모조리 없애지 않으면, 나중에 반드시 엄청난 일을 당할 것입니다.

전에 두무가 환관들을 죽이려다 비밀이 새어 나가 오히려 죽임을 당하지 않았습니까?
으음…….
기회를 놓치시면 안 됩니다.
천천히 생각해 보겠소.
그런데 원소가 한 말이 장양의 귀에 들어갔어.
뭐라고?
원소가 하진에게……!
장양은 또 뇌물을 잔뜩 싸 들고 하묘를 찾아갔고, 하묘는 궁궐로 하 태후를 찾아갔어.
대장군은 새 황제를 모시면서 어진 노릇은 하지 않고,
사람들을 죽이려고만 합니다. 아무 까닭도 없이 또 십상시를 죽이려 드니,
이것은 나라를 어지럽게 하는 짓입니다.
오라버니의 말이 맞아요.

하묘가 돌아가자, 곧 하진이 하 태후를 찾아왔어.

환관들이 저를 모함하고 있습니다. 그들을 모두 없애 버려야겠습니다.

환관들이 궁궐 안에서 여러 가지 일을 하는 것은 나라의 아주 오랜 전통이에요.

영제께서 돌아가신 지 얼마 되지도 않았는데 오라버니는 옛 신하들을 죽이려 하니,

이는 나라의 전통을 가볍게 생각하는 것이어요.

아, 그, 그렇게 되나요?

하진은 판단력과 결단성이 없는 사람이어서, 태후의 말을 듣고 쩔쩔매며 물러났어.

후, 진땀.

어떻게 되셨습니까?

태후께서 허락하지 않으시니 어쩌겠나?

그렇다면 여러 지방의 영웅들에게, 군사를 이끌고 와서 환관들을 죽이라 하십시오.
그러면 사태가 급하게 되어, 태후께서도 어쩌지 못하실 것입니다.
그것 참 기가 막힌 꾀로다!
하진은 곧 여러 지방으로 글을 보내 군사들을 불러들이려고 했어. 그런데 문서 담당인 주부 진림이 나섰어.
안 됩니다. 장군께서는 지금 황제를 모시고 권력을 쥐셨습니다.

마음만 먹으면 환관들을 죽이기는 아주 쉽습니다.

지방의 영웅들을 불러들일 필요가 없지요.

영웅들이 모이면 모두 딴 마음을 품게 되어, 장군께서는 칼날을 쥐고 그들에게 칼자루를 쥐어 주는 꼴이 되고 맙니다.
그러면 바라는 일은 이루어지지 않고 난리만 나게 됩니다.
이때, 누군가가 손뼉을 치며 웃었어.
하하하
짝 짝
허허, 그것은 겁쟁이나 하는 소리야.
하진이 돌아보니, 그는 조조였어.
손바닥을 뒤집는 것보다 쉬운 일을 가지고 무슨 이야기를 그렇게 길게 하십니까?

3. 동탁의 야망

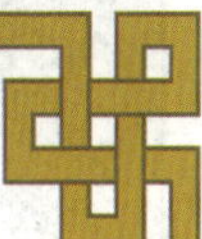
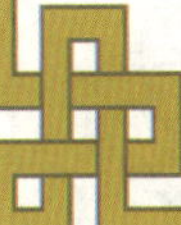

환관들이 일으킨 말썽은 옛날부터 있어 왔습니다. 황제께서 환관들을 지나치게 총애하셔서 문제가 생겼을 뿐입니다.
그들의 죄를 다스리려면, 죄가 가장 무거운 우두머리를 없애면 되는데,
그런 일은 옥을 지키는 사람 하나에게만 맡겨도 충분합니다.
그런데 지방의 군사들까지 불러들이다니요? 환관들을 모두 없애려 하면 비밀이 새어 실패합니다.
환관들을 감싸다니, 무슨 엉뚱한 생각을 하고 있는 건가?
탕!
조조는 장군부에서 나와 중얼거렸어.
세상을 어지럽힐 사람은 바로 하진 이겠구나.
하진은 부하들에게 황제의 비밀 조서를 주어, 군사가 많은 네 지방으로 각각 달려가게 했어.

네 지방의
우두머리는
동군 태수
교모

하내 태수
양광

병주 자사
정원

서량(양주) 자사
동탁이었어.

동탁은 황건적의 난 때
공을 세우지 못해
조정에서 벌을 주려
했는데,

십상시에게 뇌물을 바쳐
벌을 받지 않고, 조정의
힘 있는 벼슬아치들을 사귀어.

전장군 등 높은
벼슬을 하고
서주의 20만 대군을
거느리며
나라의 권력을
차지할 욕망을
품고 있었어.

동탁은 조서를 받자 크게 기뻐하며, 사위인 우보에게
근거지인 섬서 땅을 지키게 하고, 이각, 곽사, 장제, 번조 등
장수들, 사위이며 모사꾼인 이유, 그리고 많은 군사들을
이끌고 낙양으로 향했어.

드디어 기회가 왔다.
후후후……

동탁이 낙양으로 오고 있다는 소식을 듣고, 벼슬아치들의 잘못을 감시하는 시어사 정태가 하진에게 충고했어.

동탁은 사나운 이리입니다. 그를 끌어들이면 사람을 잡아먹을 것입니다.
쯧쯧, 자네는 의심이 많아 큰일을 하지 못하겠군.
노식도 나섰어.
저도 동탁을 잘 압니다. 그가 궁궐에 들어오면 반드시 큰 화를 일으킬 것입니다. 그러니 들어오지 못하게 막아야 합니다.
그러나 하진은 누구의 말도 듣지 않았어. 정태와 노식은 벼슬을 버리고 떠났어.
꼴통!
그 밖에 많은 대신들도 떠나 버렸어.
떵!

하진은 낙양 서쪽에 있는 민지에 사람을 보내 동탁을 맞았어.

어서 오시오, 동탁 장군!
그런데 동탁은 민지에 군사를 머무르게 하고 움직이지 않았어.
얼음 떵!

환관 장양은 이 소식을 듣고 놀랐어.
이것은 틀림없이 하진이 꾸민 짓이다.
우리가 먼저 하진을 없애지 않으면, 우리뿐 아니라 우리 가족들까지 모두 죽게 될 것이다.
그들은 군사 50명을 장락궁 가덕문 안에 숨기고, 궁궐 안으로 하 태후를 찾아갔어.
대장군께서 가짜 조서로 지방의 군사를 불러들여 저희를 죽이려 합니다.
마마께서 대장군을 궁궐로 부르셔서, 저희를 죽이지 말라고 말씀해 주십시오.
저희의 간청을 들어주지 않으시면 차라리, 마마 앞에서 죽겠습니다.
하 태후는 그들의 간청을 이기지 못해, 하진을 궁궐로 오라고 했어.

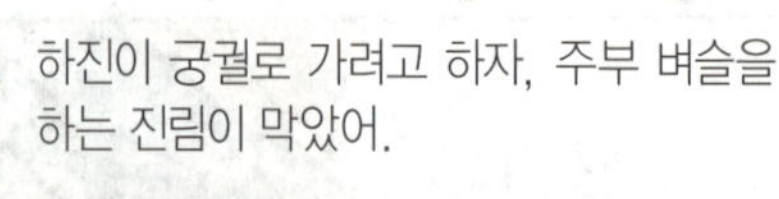

하진이 궁궐로 가려고 하자, 주부 벼슬을 하는 진림이 막았어.

이것은 틀림없이 십상시가 꾸민 짓입니다. 절대로 가시면 안 됩니다.

가시면 분명히 좋지 않은 일이 일어날 것입니다.
태후께서 부르시는데, 무슨 좋지 않은 일이 있겠느냐.

우리가 환관들을 없애려 한 계획이 다 드러나 버렸는데도 궁궐로 가시렵니까?
꼭 가시겠다면 먼저, 십상시를 모두 궁궐 밖으로 불러낸 뒤에 가시지요.

어린애 같은 소리! 내가 천하의 권력을 다 쥐었는데, 십상시가 나를 어쩔 수 있겠는가?

그러면 저희가, 갑옷으로 무장한 군사들을 이끌고 대장군님을 호위하겠습니다.

원소와 조조는 날쌘 군사 5백 명을 골라 원소의 아우 원술에게 이끌게 하고, 하진을 호위하여 궁궐 문에 이르렀어.
문을 열어라!
태후께서는 대장군만 부르셨습니다. 다른 사람들은 들어가지 못합니다.
하진은 혼자 환관을 따라 가덕문 안으로 들어섰어.
뭐, 뭐냐?
이놈, 하진! 동 태후께서 무슨 죄가 있다고 독약을 먹여 죽였느냐?

그리고 장례식에는 병을 핑계 대고 나오지도 않았지?
너는 원래 소, 돼지를 잡고 술을 팔던 천한 백정이었는데, 우리가 황제께 말씀드려 부귀영화를 누리게 해 주었다.
그런데 너는 은혜를 갚으려고 하기는커녕, 우리를 죽이려 하다니!
뭐, 뭐라고? 네, 네놈들이 감히 나한테……?
하진을 죽여라!
이놈!
아악!
죽어라!

하진은 무식하고 판단력도 없고 결단력도 없이 큰소리만 치고 남의 충고도 듣지 않다가 어이없게 죽고 말았어.
머리에 쓴 감투가 너무 커서 눈앞을 가려, 높은 벼랑에서 떨어져 죽은 거지.
으악!
언제 어디에나 이런 어리석은 사람들이 있어.
원소는 궁문 밖에서 오랫동안 기다려도 하진이 나오지 않자, 궁문 안쪽을 향해 소리쳤어.
대장군님, 어서 나오십시오! 왜 이렇게 늦으십니까?
이때, 장양의 무리가 하진의 머리를 담 너머로 던지며 소리쳤어.
하진이 반역하려고 해서 죽였다!
태후께서, 하진을 따르던 무리들은 모두 용서하라 하셨으니, 빨리 조용히 물러가도록 하라!

환관 놈들이 감히 대장군을 죽였다! 놈들을 모조리 죽여라!

하진의 부하 장수 오관이 궁문에 불을 질렀어.

문을 부숴라!

와아아

꽝

원술은 군사들을 이끌고 궁궐 안으로 쳐들어갔어.

환관 놈들을 모조리 죽여라!

눈에 띄는 대로 죽여라!

우 와 악

사람 살려!

달아나자!

십상시 가운데 조충, 정광, 하운, 곽승은 달아나다가 죽고,

장양, 단규, 조절, 후람은 황제와 진류왕을 윽박질러 끌고 달아나고 있었어.

폐하를 모시고 있어야 우리가 살 수 있거든.

십상시가 대장군 하진을 죽이고 황제를 납치한 이 사건을 '십상시의 난'이라고 했어.

원소는 군사들을 풀어 십상시의 가족들을 찾아 죽이게 했어.

어른이든 아이든 모두 죽여서, 아예 씨를 말려 버려라!

살려 줘요!

으악!

이때 수염이 없어 환관으로 몰려 억울하게 죽은 사람들도 많았다고 해.

너, 수염이 없으니 환관 맞지?

수, 수염은 없지만, 보, 보세요, 달려 있잖아요.

조조는 황제가 보이지 않자 당황했어.

빨리 황제 폐하를 찾아라!

한편, 장양과 단규는 소제와 진류왕을 데리고 밤새 달아나, 낙양의 북동쪽에 있는 북망산 아래 강가에 이르렀어.

허억 허억

애고, 숨차!

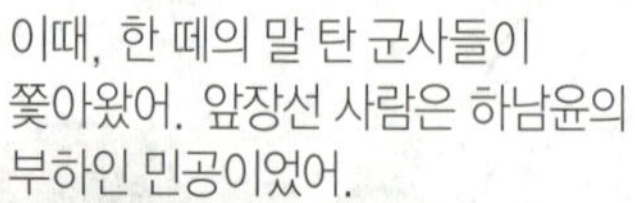

이때, 한 떼의 말 탄 군사들이 쫓아왔어. 앞장선 사람은 하남윤의 부하인 민공이었어.

와.
역적 놈들아, 서라!

장양은 강에 뛰어들어 죽고, 단규는 어둠 속으로 달아났어.
꼬르륵
어둠아, 날 살려 다오!

소제와 진류왕은 급히 강가의 풀숲에 숨었어.
무서워!
무엇이 어떻게 되어 가는지 모르겠습니다.

이윽고 사방이 조용해졌어.
아, 추워. 흑흑.
배도 고프네요.

여기 이대로 오래 있을 수는 없습니다. 살길을 찾아야 합니다.
어디로 가야 하지?

걷다 보면 길이
나오겠지요.
이때, 반딧불이들이 날아와 두 소년의
앞을 비추었어.
두 소년은 반딧불이들의 빛을 따라 걸었어.
이윽고, 새벽이 가까워졌어.
하늘이 우리를
돕는가 봅니다.
아, 다리 아파
더 못 걷겠어.
저기 풀 더미가
있네요. 저리 가서
좀 쉬시지요.
소제와 진류왕은 풀 더미
위에 지친 몸을 뉘었어.
그런데 풀 더미 너머에 큰 집이 한 채 있었어.
쿨!

그 집의 주인은 새벽에, 붉은 해 두 개가 집 뒤로 떨어지는 꿈을 꾸었어.
무슨 꿈이지? 보통 꿈이 아닌 것 같은데?

그는 밖으로 나가 사방을 둘러보았어. 풀 더미에서 붉은 빛줄기가 하늘로 뻗어 있었어.

그가 풀 더미 쪽으로 달려가 보니, 풀 더미 위에 두 소년이 누워 있었어.
너희들은 뉘 집 아이들인고?

이분은 황제 폐하신데, 십상시가 난을 일으켜 여기까지 피해 오셨고, 나는 폐하의 아우 진류왕이오.
저는 돌아가신 영제 폐하 때 사도로 있었던 최열의 아우 최의입니다.

십상시들이 벼슬을 팔아먹고 똑똑한 사람들을 내쫓는 것을 보고 이곳에 숨어 살고 있습니다.
최의는 소제를 집으로 모셨어.

한편, 민공은 단규를 쫓아가 붙잡았어.
도중에 흩어져, 어디로 가셨는지 모르오.
황제 폐하는 어디 계시냐?

뭐라고? 이 역적 놈!
민공은 군사들과 흩어져 황제를 찾다가 우연히 최의의 집에 이르렀어.
폐하! 나라에는 하루라도 주인이 안 계시면 안 됩니다. 어서 도성으로 돌아가셔야 합니다.
황제 폐하는 제가 모시고 있습니다.
으악!

민공은 최의의 한 마리밖에 없는 말에 소제를 태우고,
진류왕과는 자신의 말을 함께 타고 최의의 집을 떠났어.

그들은 가다가 사도 왕윤을 비롯한 수백 명의
벼슬아치들을 만나 함께 궁궐로 향했어.

이때, 한 무리의 말 탄 군사가 앞쪽에서
달려왔어.
앗, 누구인가?

너희들은
누구냐?
황제께서는
어디 계시냐?

소제는 말도 못 하고 떨기만 하는데,
진류왕이 나섰어.
그대는
누구인가?
나는
서량 자사
동탁이다.

폐하를 호위하러 왔는가, 납치하러 왔는가?

호위하러 왔다.

그렇다면 폐하께서 여기 계신데 왜 말에서 내리지 않는가?

동탁은 그제야 깜짝 놀라 허둥지둥 말에서 내려 엎드렸어.

폐하!

으음, 소제보다 진류왕이 훨씬 똑똑하군.

소제를 황제의 자리에서 끌어내리고, 진류왕을 새 황제로 세우는 것이 좋겠어. 그래야 내가 새 황제를 마음대로 부릴 수 있겠어.

드디어 황제가 황궁으로 돌아왔어. 그런데 진나라 시황제인 진시황 때부터 내려온 '전국 옥새'가 보이지 않았어.

어디로 갔지?

옥새는 황제가 쓰는 옥으로 만든 도장인데, 황제를 상징하는 더없이 귀중한 보물이었어.

동탁은 군사를 낙양성 밖에 머무르게 하고, 날마다 갑옷 입은 기병들을 거느리고 성안을 누비고 다녔어.
썩 물러서라! 동탁 님 납신다아!
에구……, 이거야 원, 불안해서 살 수가 있나.
쉿!
그리고 동탁은 황제가 계시는 궁궐에 드나들 때도 거리낌이 없었어.
어험!
후군교위 포신이 원소를 찾아왔어.
동탁이 틀림없이 다른 마음을 품고 있습니다. 빨리 없애 버려야 합니다.
조정이 이제 겨우 안정되었으니, 함부로 일을 저지르면 안 되오.
포신은 왕윤도 찾아갔어.
아, 일이 되어 가는 것을 봐 가며 천천히 의논합시다.
에구, 답답!
포신은 맥이 빠져, 자기의 군사들을 이끌고 고향인 태산으로 가 버렸어.
토라졌소?
잘들 해 보슈!

동탁은 하진이 거느리던 군사들을 모두 손에 넣고, 사위인 참모 이유에게 은근히 말했어.
소제를 황제 자리에서 끌어내리고 진류왕을 황제로 세울까 하는데 어떤가?
지금 조정에는 주인이 없다고 할 수 있으니, 이런 때 일을 빨리 해치워야 합니다. 우물쭈물하면 실패합니다.
내일 높은 벼슬아치들을 모두 불러 모아 그 일을 말씀하시고, 반대하는 자가 있으면 목을 치십시오.
그러면 모든 권력이 손에 들어올 것입니다.
네 말이 옳다!
이튿날, 동탁은 온명원에 큰 잔치 자리를 마련하고 대신들을 불렀어. 대신들이 동탁을 몹시 두려워해서 모두 모였어.
자, 모두 한잔 드시오.
술이 몇 차례 놀자, 동탁이 크게 말했어.
여러분, 내가 할 말이 있소. 조용히 하고 들으시오.

황제는 백성과 나라의 주인으로서, 슬기와 용기가 있어야 하오.
그런데 지금의 황제는 겁이 많고 약해서 진류왕보다 못하오. 그래서 내가 황제를 물러나게 하고 진류왕을 새 황제로 세우려 하는데,
그대들은 어떻게 생각하시오?
안 되오!
병주 자사 정원이군.
그대가 뭔데 함부로 그런 소리를 지껄이오? 지금 황제께서는 선황제의 맏아들로서,
황제의 자리를 제대로 이어 아무 잘못도 없는데, 왜 물러나게 하려는 거요? 그대가 새 황제를 내세우고 권력을 잡으려는 게 아니오?
뭐, 뭐라고? 나를 따르는 사람은 살고, 나를 거스르는 사람은 죽는다는 것을 모르는가?

그런데 정원의 뒤에 서서 동탁을 노려보는 장수가 있었어.

이크! 무섭게 생긴 장수로군!

술자리에서 나랏일을 말할 수는 없습니다. 내일 회의에서 의논하시지요.

모인 사람들이 모두 흩어진 뒤, 온명원에 남은 동탁이 출입문 쪽으로 갔는데, 무섭게 생긴 장수가 밖에서 말을 타고 왔다 갔다 하고 있었어.

저 사람이 누구냐?

정원의 양아들입니다. 성은 '여', 이름은 '포', 자는 '봉선'인데, 천하에 둘도 없는 사나운 장수입니다.

일단 안으로 몸을 피하시는 게 좋을 것 같습니다.

이튿날, 정원은 군사를 이끌고 성 밖에 와서 동탁에게 싸움을 걸었어. 동탁은 발끈했어.

아니, 저놈이……? 좋다. 따끔한 맛을 보여 주마!

동탁이 화가 나서 군사를 이끌고 성 밖으로 나가자, 정원이 소리쳤어.

나라가 불행하게도
환관들 때문에 어지럽더니,
이젠 나라에 조금도 공을 세우지
못한 너 같은 놈까지 나서서
나라를 또 어지럽히느냐?

동탁이 대꾸할 사이도 없이 여포가
덮쳐 왔어.

역적 동탁 놈아,
목을 내놓아라!

앗, 그 장수다!

동탁은 싸움에 크게 져서,
멀리 달아나 진영을 세웠어.

여포는 무서운 장수다.
내가 그를 얻으면, 천하에
두려울 것이 없겠다.

궁궐을 지키는 호분중랑장 이숙이
나섰어.

걱정 마십시오.
저는 여포와
고향이 같아,
그를 잘 압니다.

그는 용맹하기는
하지만 꾀가 없고,
자기에게 이익이
된다면 의리 같은
것은 헌신짝
버리듯 합니다.

제가 그를 찾아가 꾀어, 장군님 아래로 오게 하겠습니다.
그를 어떻게 꾀겠다는 건가?
장군께서는 하루에 천 리를 달린다는 유명한 말 '적토'를 가지셨다고 들었습니다.
그 말과 금, 보석으로 여포의 마음을 사로잡고 달콤한 말로 꾀면 장군님께 달려올 것입니다.
'적토' 또는 '적토마'는 삼국지에 나오는 말 중에서 가장 유명한 말인데,
赤 兎 馬
붉은빛 적 토끼 토 말 마
이 이름은 '붉은 토끼 같은 말'이라는 뜻이야.
이때에는 동물 가운데 붉은 토끼가 가장 빨랐는데,
그 토끼보다 더 빨라서 그런 이름이 붙은 것 같아.
이 말은 온몸이 핏빛같이 밝고 산뜻한 붉은색인데,

특히 갈기와 꼬리는 불이 난 것처럼 붉은빛이었어.
하루에 천 리를 달릴 수 있고, 무게 8백여 근까지 운반할 수 있으며, 물을 만나도 평지처럼 건널 수 있었어.
그래서 "사람 중에는 여포가 있고, 말 중에는 적토가 있다."라는 말이 있었어.
오늘날에도 '적토마'는 '아주 빠른 말'의 뜻으로 쓰이고 있지. 이런 뛰어난 말을 '명마', '준마'라고 해.
동탁은 적토마와 함께 금 1천 냥, 구슬 수십 개, 옥으로 만든 허리띠 하나를 이숙에게 주었어.
이숙은 곧 여포를 찾아갔어.
여포 동생, 그동안 별일 없었는가?
아니, 이숙 형님 아니시오? 오랜만이오. 지금 어디 계시오?

난 호분중랑장으로 있네.
동생이 나라를 위해
애쓴다는 소문을 듣고,
아주 좋은 말
한 마리를 주려고
끌고 왔네.
아주 좋은
말요?
'적토마'라고 하는데,
호랑이같이 용맹스러운
동생에게 아주 잘
어울릴 걸세.
아,
그 유명한
적토마!
여포는 부하에게 그 말을 끌고
오게 했어.
히히
히힝
이렇게 좋은 말을
주시다니…….
형님, 제가 어떻게
보답해야 하지요?
오오……, 참으로
훌륭한 말이군!
고향 선배로서, 천하에
용맹을 떨치는 동생에게
좋은 말 한 마리를
주었을 뿐인데
보답은 무슨…….

여포는 기뻐하며 이숙에게 술을 대접했어.
자, 자, 어서 한잔 드쇼, 형님!
술기운이 돌자 이숙은 말을 꺼냈어.
동생은 어떻게 해서 정원의 양자가 되어 그의 밑에 있게 되었는가?
더 좋은 사람을 만나지 못해 할 수 없이……
아깝네. 동생만큼 능력 있고 재주 있으면, 누구보다도 빨리 출세할 수 있을 텐데……
주인을 제대로 만나지 못한 것이 한스럽지요.
기회가 왔을 때 재빨리 잡지 못하면 나중에 후회해도 소용없어.
영리한 새는 나무를 가려 깃들이고, 슬기로운 신하는 주인을 가려 섬긴다고 하지 않는가.
형님은 조정에 계시니까 잘 아실 텐데, 지금 가장 뛰어난 영웅은 누구지요?

동탁이지. 그는 어진 사람을 존경하고 선비를 잘 대접하며, 상과 벌을 주는 것이 공정하니, 반드시 큰일을 이룰 걸세.
그렇다면 저도 그분을 따르고 싶은데, 줄이 닿지 않는군요.
자, 이걸 보게.
아니, 웬 것입니까?
동탁 공께서 오래전부터 동생을 눈여겨 보시다가 나를 불러, 이것을 자네에게 갖다 주라 하셨네.
적토마도 그분이 보내셨네.
그분이 저를 그렇게까지 생각해 주시다니…….

이 은혜에 어떻게 보답해야 하지요?
별 재주 없는 나도 호분중랑장이 되었으니, 자네가 가기만 하면 아주 높은 자리를 주실 걸세.

찾아뵙는다 해도 내보일 공이 조금도 없으니 어쩌지요?
공을 세우는 것이야 자네로서는 아주 쉬운데, 자네가 그렇게 하고 싶어 하지 않을 뿐이겠지.
으음, 제가 정원을 죽이고 군사를 이끌고 가면 어떨까요?
좋지, 좋아.
그날 밤, 여포는 정원의 막사로 가서, 책을 읽고 있는 정원의 목을 쳤어.
에잇!
으아약!
다음 날, 여포는 정원의 머리를 들고 동탁을 찾아갔어.
정원의 머리를 가져왔습니다.
내가 장군을 얻으니, 오랜 가뭄 끝에 단비를 맞은 것 같소.

동탁은 여포를 얻고 그가 이끌고 온 군사들까지 받아들여, 힘이 더 세졌어. 그는 스스로 '전장군'이 되고, 여포에게는 기도위, 중랑장, 도정후라는 벼슬을 베풀었어.

동탁은 또 잔치를 열고 높은 벼슬아치들을 모두 불렀어. 그리고 여포에게 군사 1천 명을 거느리고 자신을 호위하게 했어.

술을 몇 잔씩 마시자, 동탁이 자리에서 일어섰어.

대신들이 두려워서 아무 말도 못 하는데, 원소가 나섰어.
황제께서는 자리에 오르신 지 얼마 되지 않았고, 덕을 잃을 일을 하지도 않으셨다!
그런데 너는 선황제의 맏아들인 황제를 내쫓고 둘째 아들을 황제로 세우려 하니,
이것이 반역이 아니고 무엇이냐?
천하의 권세가 지금 내 손안에 있는데, 감히 내 뜻을 거역하겠다는 것이냐?
네 눈에는 내 칼이 날카로워 보이지 않느냐?
너의 칼만 날카롭고 내 칼은 날카롭지 않은 줄 아느냐?

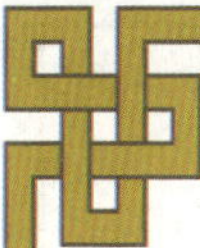

4. 황제의 비극

동탁이 원소를 죽이려 하자, 이유가 말렸어.
씨근덕
씨익 씨익
진류왕을 새 황제로 세우는 일이 아직 이루어지지 않았으니, 함부로 원소를 죽이면 안 됩니다.

원소는 벼슬을 버리고 기주로 가 버렸어.

동탁은 다시 한 번 벼슬아치들을 둘러보며 윽박지르듯 소리쳤어.
그대들은 새 황제를 세우는 것을 어떻게 생각하는가?
무, 물론 찬성이오!
다, 당연하지요!
무조건 찬성이오!

잔치가 끝나자, 동탁은 부하인 주비와 오경을 불렀어.
원소가 가 버렸는데, 어떻게 하면 좋겠느냐?
원소가 크게 화가 나서 떠났으니, 섣불리 잡아들이려 하면 난리를 일으킬 것입니다.

그리고 원씨 집안은 4대째 높은 벼슬을 하며 많은 은혜를 베풀어, 원씨를 따르는 사람이 많이 있습니다.

원소가 사람들을 모아 무리를 이루면, 영웅들이 그 기회에 들고일어날 테니, 산동 지방은 공이 차지할 수 없습니다.

그러니 원소를 용서하여, 어느 군의 태수 자리를 주어 버리십시오.
그러면 원소는 죄를 벗게 되어 좋아서, 말썽을 부리지 않을 것입니다.

원소는 일을 잘 꾸미지만 결단력이 없어서, 걱정하지 않으셔도 됩니다.

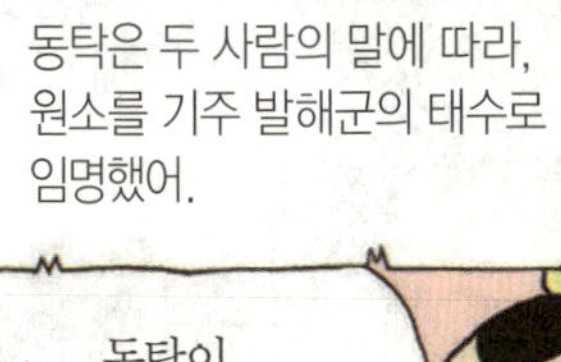

동탁은 두 사람의 말에 따라, 원소를 기주 발해군의 태수로 임명했어.

동탁이 웬일이지?

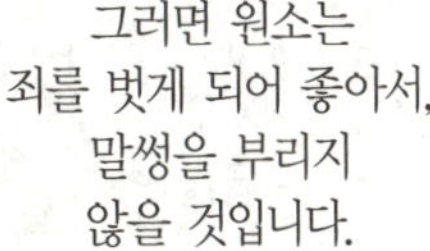

마침내 동탁은 소제를 황제의 자리에서 끌어내리고, 진류왕을 새 황제로 세웠어. 이 새 황제가 '헌제'였어.

소제는 열네 살에 황제가 되었었는데, 겨우 다섯 달 만에 자리에서 쫓겨나고,
나이 아홉 살인 헌제가 새 황제가 된 거지.
동탁은 스스로 국무총리 격인 '상국'이 되어, 황제 앞에서도 잔뜩 거드름을 피웠어.
에헴
나보다 더 높은가 봐.
한편, 쫓겨난 소제는 어머니 하 태후와 아내 황후와 함께 영안궁에 갇혀, 눈물과 한숨으로 날을 보냈어.

저기 저 멀리 내가 지내던 황궁이 있는데
누가 충성심과 의리로 내 마음속 깊은
원한을 풀어 줄꼬……

소제를 감시하던 동탁의 부하가, 소제가 읊은 이 시를 동탁에게 일러바쳤어. 동탁은 이유를 불렀어.
나를 원망하는 시를 읊다니, 당장 가서 없애 버려라!
예!

그대가 온 까닭을 알겠다.
너무도, 너무도 억울하고 슬퍼요!
아아, 우리가 이렇게 죽게 되다니……!
이유는 하 태후를 누각 아래로 던져 죽이고, 황후는 목 졸라 죽였으며, 소제는 독이 든 술을 먹여 죽였어.
농탁은 밤마다 궁궐에 들어가 궁녀들과 놀아나고,
나 잡아 봐아라아!
황제가 앉아 나랏일을 보는 용상에 드러누워 잠을 잤어.
드르렁
어느 날, 동탁이 지방의 한 마을을 지나가는데, 마을 사람들이 많이 모여 굿을 하고 있었어.
남자들은 모조리 죽이고, 여자들과 재물은 모두 수레에 실어라!

동탁은 낙양으로 돌아와, 도적 떼를 무찌르고 왔다고 떠들어 댔어.

월기교위 오부는 동탁의 사납고 나쁜 짓을 보고, 짧은 칼을 숨기고 있다가 동탁을 찌르려고 했어.

동탁은 힘이 아주 세어, 오부의 손목을 꽉 잡았는데, 여포가 오부를 덮쳤어.

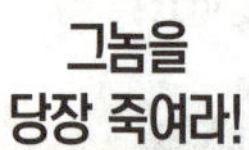

한편, 발해에 있는 원소는 동탁의 횡포 소식을 듣고, 사도 왕윤에게 비밀 편지를 써 보냈어.

공께서는 동탁의 온갖 못된 짓을 못 본 척하시니, 어찌 충성으로 나라를 지키는 신하라 하겠습니까? 저는 지금 군사를 모아 나라를 바로잡고 싶은데, 차마 가볍게 움직이지 못하고 있습니다.

공께서 움직이실 뜻이 있다면, 제게 말씀해 주십시오. 저도 기꺼이 따르겠습니다.
-원소

왕윤은 원소의 비밀 편지를 읽고 여러 가지로 궁리해 보았으나, 뾰족한 생각이 떠오르지 않았어.
으음……

어느 날, 왕윤은 옛 신하들이 궁궐의 한 방에 모여 있는 것을 보고 은근히 말했어.
오늘이 이 늙은이의 생일입니다.
저녁에 모두 내 집으로 와서 술이나 한 잔씩 하시지요.

이날 저녁, 옛 신하들이 왕윤의 집에 모두 모였어.
생신을 축하 드립니다.
자, 축배를 드십시다!

그런데 술이 몇 차례 돌자, 왕윤이 갑자기 울음을 터뜨렸어.
크흐흑
아니, 이 기쁜 생신날에 왜 우십니까?

사실 오늘은 이 늙은이의 생일이 아니오.
예?

여러분과 이야기를 나누고 싶은데, 동탁이 의심할까 봐 두려워 생일이라 한 것이오.

동탁이 황제 폐하를 속이고 권력을 마구 휘둘러 나라가 망하게 되었소. 그래서 나도 모르게 눈물이…….
어허엉……

허허, 모두 운다고 해서 동탁이 죽기라도 합니까?

조조, 자네의 조상도 한나라의 녹을 먹었는데, 나라에 보답할 생각은 하지 않고 오히려 비웃다니!

제가 웃은 것은, 많은 분들이 모였는데도 동탁 하나 없앨 방법을 찾지 못하고 눈물을 흘리는 것이 우스워서였습니다.

저는 비록 재주가 없지만, 동탁의 머리를 베어 성문에 높이 걸어, 많은 사람들의 맺힌 한을 풀어 줄까 합니다.

그대에게 좋은 방법이 있는가?
제가 요즘 동탁을 모셔 받드는 것은, 기회를 노려 그를 없애기 위해서입니다.
동탁이 저를 믿어, 그에게 가까이 갈 기회가 많이 있습니다.
사도께 금, 은, 산호 등 일곱 가지 보배로 장식한 '칠보도'가 있다고 들었는데,
그 칼을 빌려 주시면 동탁을 찔러 죽이겠습니다. 동탁을 죽일 수만 있다면, 저는 죽어도 좋습니다.
그대가 그런 마음을 가지고 있다니, 나라를 위해 참으로 다행스럽소.
조조는 이튿날, 허리에 '칠보도'를 차고 동탁에게 갔어.
이제 왔습니다.
오늘은 늦었군.
제 말이 여위어 빨리 걷지를 못합니다.
서량에서 보내온 말들 가운데 좋은 것이 있으니,

여포 네가 가서 한 마리 골라 와 조조에게 주어라.
예.
여포가 말을 고르러 가자, 살이 많이 찐 동탁은 앉아 있기가 힘드는지 침상에 눕더니,
끙
얼굴을 벽 쪽으로 돌렸어.
됐다! 이 역적 놈, 드디어 죽을 때가 되었구나!
조조가 동탁을 칼로 찌르려는 순간, 동탁은 벽의 거울에 비친 조조의 모습을 보았어.
조조, 지금 뭘 하려는 거냐?
아, 제, 제게 멋진 칠보도 한 자루가 있어, 은혜를 베풀어 주시는 상국께 바치려고요.
으음, 좋은 칼이로구나!
말을 끌고 왔습니다.
이 말, 어떤가?
좋은 말이군요. 한번 타 보겠습니다.

조조는 말에 오르자, 힘껏 채찍질하여 남동쪽으로 달렸어.
이랴!
조조가 아버님을 칼로 찌르려다가 들켜, 칼을 바친다고 둘러댄 것 같지 않습니까?
그런 것 같지?
그때 이유가 와서 조조 얘기를 듣고 머리를 끄덕였어.
조조는 가족과 떨어져 혼자 이곳에서 지내고 있습니다. 빨리 사람을 보내서 오라고 해 보십시오.
그가 의심하지 않고 바로 오면 칼을 바친 것이고,
동탁은 곧 옥졸 넷을 조조에게 보냈는데, 그들이 돌아와 보고했어.
조조는 집으로 가지 않고, 동문으로 나갔다 합니다.
상국께서 급한 일을 시키셔서 간다며 달려갔답니다.
핑계를 대며 오지 않으면 칼로 찌르려 한 것입니다.
내가 놈을 아껴 주었는데 나를 죽이려 하다니!

이 일은 조조 혼자 한 것이 아니고, 같이 꾸민 자들이 있을 테니, 조조를 잡으면 모두 알 수 있을 것입니다.

동탁은 조조의 얼굴을 그린 그림을 각 고을에 보내 조조를 잡으라 했어.
요놈을 잡아라!
조조를 잡는 자에게 금 l천냥과 높은 벼슬을 내리겠노라.
- 동탁 -

조조는 고향인 초군을 향해 달리다가, 중모현에서 관문을 지키는 군사들에게 잡혀 현령에게 끌려갔어.
저는 떠돌이 장사꾼인데, 성은 '황보'라 하오.

현령은 조조를 자세히 살펴보았어.
내가 전에 낙양에서 벼슬자리를 찾을 때 너를 본 적이 있다. 너는 틀림없이 조조인데, 왜 거짓말을 하느냐?

현령은 조조를 옥에 가두었다가, 밤이 깊어지기를 기다려 아무도 몰래 집 뒤채로 데려오게 했어.
상국이 너를 꽤 아껴 주었다던데, 왜 해치려 했느냐?

작은 제비와 참새가 어찌 큰 고니의 뜻을 알겠느냐? 나를 잡았으니 조정으로 끌고 가 상이나 받으면 그만이지, 왜 귀찮게 구느냐?

나를 얕잡아보지 마시오. 나는 썩어빠진 그런 벼슬아치가 아니오. 좋은 주인을 만나지 못해 이러고 있을 뿐이오.
내 조상들께서는 대대로 한나라의 녹을 받아 왔소.

그러니 내가 나라를 위해 힘쓰지 않는다면 짐승과 무엇이 다르겠소? 내가 동탁을 섬긴 것은,
기회를 보아 역적인 그놈을 죽여 나라를 구하기 위해서였소. 그런데 내가 일을 제대로 하지 못했으니,

이 또한 하늘의 뜻일 뿐이오.
고향으로 돌아가 가짜 조서라도 만들어 돌려, 곳곳의 제후들을 불러 모아 군사를 일으켜 동탁을 치려 했소.
그대는 어디로 가려고 했었소?

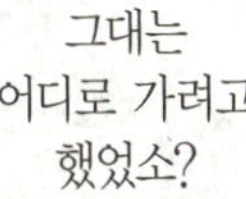

현령은 조조를 묶은 밧줄을 풀어 주고 조조에게 절을 했어.
공은 참으로 나라를 생각하는 충신이오.
말씀을 듣기가 부끄럽소. 그런데 그대는 어떤 분이오?

조조와 진궁은 말을 타고 초군을 향해 달렸어.

사흘 뒤, 성고현에 이르렀는데
날이 저물었어.

저기 숲 속에
여백사라는 분이
살고 있는데,

내 아버님과
형제를 맺은 분이오.
그분 집에 가서
내 집 소식도 듣고
하룻밤 묵어
갑시다.

여백사가 나가고 조조와 진궁이 방에 앉아 있는데, 집 뒤쪽에서 칼을 가는 소리가 들려왔어.

여백사는 나와 진짜 피붙이가 아니오. 밖으로 나간 것이 의심스럽소. 저 소리가 무슨 소리인지 알아봐야겠소.

조조는 진궁과 함께 뒤채로 뛰어가, 남자 여자 가리지 않고 여덟 명을 모두 죽여 버렸어.

앗! 돼지를 잡으려 했었군.
그대가 의심이 많아 착한 사람들을 잘못 죽였소.
두 사람은 서둘러 집에서 나와 말에 올라 떠났어.
그런데 조금 가다가, 술을 사 가지고 돌아오는 여백사를 만났어.
아니? 조카, 왜 벌써 가느냐?
죄를 지어 쫓기는 몸이어서 오래 머물지 못하겠습니다.
그래도 섭섭하지. 내가 집안 사람들에게 돼지를 잡으라고 했다. 어서 말머리를 돌려라.
조조는 갑자기 칼을 빼어 여백사를 쳤어.
에잇!
으악!

아까는 잘 알지 못해서 사람을 죽였지만, 지금 여백사는 왜 죽였소?
여백사가 집에 돌아가 가족이 다 죽은 것을 보면 가만히 있겠소?

사람들과 함께 우리를 쫓아오면 어떻게 되겠소?
옳은 일이 아니지 않소?
그래도 마음씨 좋은 사람을 그렇게 죽이다니,
내가 세상 사람들을 모두 저버릴망정,

세상 사람들이 나를 저버리게 놔두지는 않겠소!
……!

두 사람은 말없이 걷기만 하다가, 밤이 깊어지자 길가의 주막에 들었어.

조조는 잠이 들었으나,
진궁은 잠을 이루지 못했어.
들썩

조조가 의로운
사람인 줄 알고
벼슬까지 버리고
따라왔는데,

마음씨가 아주
독한 사람이구나.

진궁은 살그머니 일어나 칼을 빼 들고
조조의 목을 겨누었어.

살려 두면
많은 사람들을
해치겠어.

죽여
버려야 해!

5. 제후 연합군

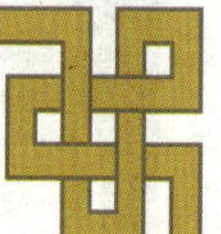

아니야……!
내가 조조를 따라온 것은 나라를 위해서였는데,
그가 의롭지 못하다고 해서 죽인다면 나도 의롭지 못한 사람이 된다.
내버려 두고 나 혼자 떠나 버리자.
드르르렁
아침에 조조가 눈을 떠 보니 진궁이 보이지 않았어.
진궁은 어둠 속으로 말을 몰아, 고향인 동군으로 향했어.
진궁이 내가 어제 한 짓을 보고, 내가 한 말을 듣고, 나를 나쁜 사람이라 생각해서 혼자 떠나 버렸군.
나도 빨리 떠나야겠다. 여기 오래 있으면 안 돼.
다각
다각
조조는 아버지가 있는 진류로 말을 달렸어.

조조는 '목적을 이루기 위해서라면 수단과 방법을 가리지 않는 사람'이고
진궁은 '목적이 아무리 의로운 것이라 해도 옳지 않은 방법으로 이루려 해서는 안 된다는 사람'이었지.
두 사람의 생각에 대해서 토론하고 논술을 써 보는 것도 좋겠지?
네, 할아버지!
이윽고, 조조는 진류에 이르렀어.
아버님!
여기서 의병을 모아 역적 동탁을 무찌르고 나라를 바로 세우겠습니다.
내가 힘껏 도와주겠다.
조조는 의병을 모집한다는 가짜 조서를 꾸며 여러 곳으로 보내고, 충성 충(忠), 옳을 의(義), '충의'라고 쓴 깃발을 높이 세웠어.
며칠 지나지 않아 사람들이 모여들었는데, 유명한 장수들도 있었어.
장수들을 꼽아 본다면,
忠
義

양평군 위국 사람, 악진.

산양군 거야현 사람, 이전.

조조는
이 두 사람을
자신의 보좌관으로
삼았어.

패국 초현 사람으로, 한나라를 세우는 데
공을 세운 하후영의 후손인 하후돈.
창과 몽둥이를
끝내주게 쓰지.

하후돈의 친척 동생인 하후연,

이 두 사람은
젊은이 1천 명씩을
이끌고 왔는데,
조조도 원래
하후 씨였으니,
조조와 하후돈 형제는
친척이었어.

조조의 사촌 동생인 조인과 조홍.
이 두 사람은 활을
잘 쏘고 말을 잘 타는 등
무예에 뛰어났는데,
각각 1천여 명의
군사를 이끌고 왔어.

이때 원소도, 조조가 보낸 가짜 조서를 받고 3만 군사를 이끌고 발해군을 떠나 진류로 향했어.
잘됐네! 이 많은 군사들 먹여 살리기에도 벅찬 판에…….

조조는 글을 지어 여러 지방으로 보냈어.
동탁은 하늘을 속이고
황제를 내쫓았으며
궁궐을 더럽히고
백성을 함부로 해쳐
그 죄를 이루 다 말할 수가 없다.

황제 폐하의 비밀 조서를
받들어, 의병을 크게 모집하여
흉악한 동탁을 무찌르려 한다.
모두 나서서 나라를 지키고
백성을 구하자!

조조의 글을 받고 여러 지방의
제후들이 군사를 일으켰어.

나라를 지키는 데 아주
중요해서 많은 군사를 두는
곳을 '진'이라고 하는데,
제후들이 일으킨 군사는
그 가운데 열일곱 진의
군사였어.

그 열일곱 진의 군사를 이끄는
우두머리는 모두 힘 있는 제후였어.

제1진
남양군 태수
원술

제2진
기주 자사
한복

제3진 예주 자사 공주
제4진 연주 자사 유대
제5진 하내군 태수 왕광
제6진 진류군 태수 장막
제7진 동군 태수 교모
제8진 산양군 태수 원유
제9진 제북국 상 포신
제10진 북해군 태수 공융
제11진 광릉군 태수 장초
제12진 서주 자사 도겸
제13진 서량군 태수 마등
제14진 북평군 태수 공손찬
제15진 상당군 태수 장양
제16진 장사군 태수 손견
제17진 발해군 태수 원소
이 열일곱 제후에 조조를 더해 모두 '열여덟 제후'였어.

제후들은 군사가 많기도 하고 적기도 하여, 3만 명을 거느린 제후도 있고, 1, 2만 명을 거느린 제후도 있었어.
어서 진류로 가자!
북평 태수 공손찬이 군사를 거느리고 청주 평원현을 지나는데 유비 일행이 나타났어.
동생이 여기 웬일인가?
전날 형님이 저를 추천해 주셔서 이곳 현령으로 있습니다.
형님이 대군을 이끌고 이곳을 지나가신다는 말을 듣고 모시러 왔습니다. 성에 들어가 쉬어 가시지요.
이 두 사람은 누구인가?
관우와 장비입니다. 저와 형제를 맺은 동생들입니다.
그럼 자네와 함께 황건적을 무찌른 사람들이 아닌가?
두 동생은 지금 무슨 벼슬을 하고 있는가?
그렇습니다. 두 동생의 힘이 컸습니다.

벼슬이라고 할 수도 없는데, 관우는 마궁수, 장비는 보궁수 노릇을 하고 있습니다.

'궁수'는 현위 아래에서 도적을 잡고 시장을 순찰하는 등 치안을 맡은 군사였는데,

말을 타고 다니면 마궁수, 걸어다니면 보궁수였어.

헉!

내가 이게 무슨 꼴이야?

영웅들이 아깝게도 흙에 묻혀 있군!

나는 지금, 역적 동탁이 나라를 어지럽게 하고 있어서, 그를 무찌르려고 여러 제후들과 힘을 합치러 가는 길이네.

자네도 그까짓 보잘것없는 벼슬을 던져 버리고 함께 역적을 치러 가는 것이 어떻겠나?

그렇게 하겠습니다.

동탁 그놈, 황건적에게 쫓겨 죽게 되었었는데 우리가 구해 줬지요. 그런데 그놈이 우리가 벼슬이 없다고 깔보아, 내가 화가 나서 죽여 버리려고 했는데, 형님들이 말려서 못 죽였잖아요. 그때 죽였어야 했는데……

유비는 관우, 장비, 그리고 기병들을 데리고 공손찬을 따라갔어.

이윽고 열일곱 제후들이 군사를 이끌고 진류에 이르러 진영을 세웠어. 조조는 그들을 위해 잔치를 베풀었어.
우리가 이렇게 모였으니, 먼저 작전 계획을 세워야 하지 않겠소?

하내 태수 왕광과 조조가 나섰어.
우리가 지금, 역적을 쳐서 나라를 바로 세우자는 큰 뜻을 품고 모였으니, 우리를 지휘할 맹주를 먼저 뽑는 것이 좋겠소.
원소 장군이 어떻소? 이분의 조상들이 4대에 걸쳐 가장 높은 벼슬을 하셔서 따르는 사람이 많으니 맹주를 맡아야 한다고 생각하오.

원소는 잠시 사양하다가 맹주를 맡았어. 다음 날, 원소는 단 위에 올라 맹세의 글을 읽었어.
불행하게도 황실이 어지러워지자, 역적 동탁이 황제를 해치고 백성들을 괴롭힙니다!

좋소!
찬성하오!

우리는 힘을 합쳐 황실을 지키고 나라를 바로 세울 것을 맹세합니다!
이 맹세를 어기고 자기를 위해 다른 짓을 하는 사람이 있으면 목숨을 거두어 주십시오!
하늘과 땅과 조상님들의 혼령들께서는 부디 지켜봐 주십시오!
맹세가 끝나자, 조조는 장막에 술자리를 마련하고, 윗자리에 원소를 모셨어.
나머지 분들은 벼슬과 연세에 따라 두 줄로 앉으시지요.
자, 이제 우리는 맹주를 세웠으니, 모두 맹주의 명령을 받들어, 오직 함께 나라를 바로잡아야 하오.
원소가 첫 명령을 내렸어.
나는 맹주로서, 공을 세운 사람에게는 반드시 상을 주고, 죄를 지은 사람에게는 어김없이 벌을 내릴 것이오.
내 동생 원술은 군사들이 먹을 식량과 말들에게 먹일 풀을 각 진영에 대 주도록 하라!

그리고 앞장서서 사수관으로 달려가, 관을 지키는 동탁의 수비대를 무찌를 선봉장을 뽑아야겠소!

'강동의 호랑이' 라는 용맹스러운 장사 태수 손견이 나섰어.

내가 선봉장이 되겠소!

손견은 곧 자기의 군사를 이끌고 사수관으로 향했어.

'사수관'의 '관'은, 국경 또는 군사, 교통 따위의 중요한 통로에 두어 드나드는 사람이나 짐을 조사 하던 곳이야. 사수관은 동탁이 있는 낙양으로 가는 길에 있었어.

잠시 검문을 하겠소!

동탁은 술을 마시다가, 제후들의 군사가 사수관으로 몰려온다는 보고를 받았어.

뭐, 뭐라고? 제후들이 반란을 일으켰어?

아버님, 이 여포가 있으니 조금도 걱정 마십시오. 지방 제후들 따윈 허수아비 입니다.

놈들의 머리를 모조리 베어다 성문 위에 걸겠습니다!

오, 네가 나를 기쁘게 하는구나. 네가 있어서 편히 잠을 잘 수가 있겠다.

아닙니다. 닭 잡는 데 소 잡는 큰 칼을 쓰시렵니까? 여포 장군께서 가실 필요도 없습니다. 이 화웅이 가서, 제후들의 머리를 잘라오겠습니다!

동탁은 화웅에게 기병과 보병 5만 명을 주었어.

가자, 사수관으로!

한편, 제후들 가운데 제북국 상 포신은 안달이 났어.

포신은 동생 포충을 불렀어.

손견이 선봉장이 되었으니, 첫 공을 그에게 뺏앗기겠구나. 안 돼! 그럴 수는 없어!

손견의 선봉대보다 먼저 사수관으로 달려가 수비군을 쳐서 첫 공을 세워라!

알겠습니다.

포충은 3천 군사를 이끌고 지름길로 달려갔어.
손견의 선봉대가 아직 안 왔군. 됐다. 첫 공은 내 것이다.
사수관으로 돌격하라!
화웅이 기병 5백 명을 이끌고 사수관에서 달려 나왔어.
꼼짝 마라, 이 반역자 놈!
어? 무섭게 생겼네!
포충이 죽자, 포충의 군사들은 뿔뿔이 흩어져 달아나다가 죽거나 잡혔어.
창피하게 이게 무슨 꼴이야?
이윽고, 손견의 선발대가 사수관에 이르렀어.
역적 동탁 놈 밑에 빌붙어 까부는 화웅아! 어서 썩 나와 항복해라!

오냐!
화웅 장군의
부하 장수
호진이
나간다!

그렇다면 손견 장군의
부하 장수 정보가
상대해 주마!

퍽

호진을 죽였다!
사수관을 빼앗아라!

이때다!
돌과 화살을
퍼부어라!

안 되겠다!
잠시 물러나자!

손견은 군사를 뒤로 물려 머무르면서 원술에게 사람을 보냈어.

손 장군께서 군량이 떨어졌으니 빨리 보내 달라고 하셨습니다.

아, 알았어!

이때, 한 부하가 원술을 부추겼어.

손견은 장강 동쪽 강동의 사나운 호랑이입니다. 그가 낙양으로 쳐들어가 동탁을 죽이면, 이리를 없애고 호랑이를 불러들이는 꼴이 됩니다.

그러니 군량을 보내지 마십시오. 그러면 손견의 군사들은 배가 고파 흩어져 버릴 것입니다.

들고 보니 그렇군.

원술이 군량을 보내지 않자, 손견의 군사들은 아우성을 쳤어.

아, 배고파!

밥 줘!

굶고 어떻게 싸워?

염탐꾼이 이런 사실을 사수관에 알리자, 이숙이 머리를 굴렸어.

화웅 장군은 앞쪽을 치시오. 그러면 손견을 사로잡을 수 있을 것이오!

참으로 멋진 생각이오.

오늘 밤 나는 관에서 샛길로 내려가 손견의 진영 뒤쪽을 습격할 테니,

화웅은 한밤중에 손견의 진영 앞쪽을 덮쳤어.
이크, 기습이다!
쳐라!
와아아

이놈, 손견!
화웅이냐?
챙

이때, 이숙의 군사들이 진영 뒤쪽으로 쳐들어와 불을 질렀어.
불이야!

안 되겠다! 잠시 몸을 피하자!
손견은 허둥지둥 달아났어. 부하 장수 조무만이 따라왔어.

손견, 서라! 달아나지 마라!

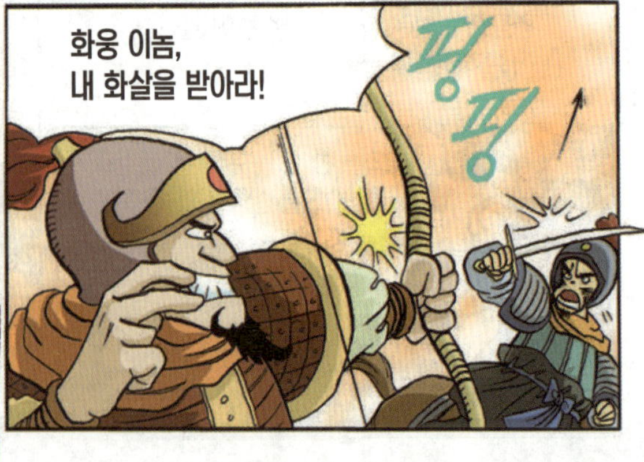

화웅 이놈, 내 화살을 받아라!
핑 핑

따꾹!
활이 부러졌다! 피하자!
태수님, 머리에 쓰신 붉은 건을 보고 적들이 쫓아옵니다! 빨리 벗어 주십시오! 제가 쓰겠습니다!
손견과 조무는 건과 투구를 바꿔 쓰고, 서로 다른 쪽으로 갈라져 달아났어.
저기 붉은 건을 쓴 장수가 손견이다! 잡아라!
이 붉은 건을 기둥에 걸어 놓고 숨자.
피 피 피 피 핑
뭐야? 우리가 속았잖아?
이때다! 이놈 화웅아, 목을 내놓아라!

뭐라고?
네 목을 내놓아라!

촤악

원소는 손견이 화웅에게 졌다는
소식을 듣고 크게 놀랐어.

시키지도 않은
포신의 아우
포충이 멋대로
싸우다 죽고,
이번엔
손견 장군이
화웅에게
당하다니!

그래서 우리의 기세가
크게 꺾였소. 어떻게
하면 좋겠소?

……!

공손찬 태수,
뒤에 서 있는
사람들이 누구요?

아,
이 사람은

내가 어렸을 때
함께 공부하여
형제같이 지내는
평원 현령
유비입니다.

전에 황건적을 무찌른 유비란 말이오?

그렇소.

한나라 황실의 종친이라고 하지 않았소?

그렇소.

유 현령을 자리에 앉히시오.

보잘것없는 현령이 어찌 감히 자리에 앉겠습니까?

자네의 벼슬을 봐서가 아니라, 황실의 후손이라 하니 앉으라는 거네.

화웅이 기병들을 이끌고 와, 장대에 손견 태수의 붉은 건을 매달고 욕을 퍼부으며 싸움을 걸고 있습니다.

누가 가서 싸우겠소?

이 유섭이 가겠습니다!

그런데 용맹스럽기로 이름난 유섭이 나간 지 얼마 되지 않아 한 군사가 보고했어.

유섭 장군이 세 합도 싸우지 못하고 화웅의 칼에……

이 한복의 뛰어난 장수 반봉이 나가면 화웅을 칠 수 있을 것이오!
아 짜!
히 히 히 항

그러나 반봉이 간 지 얼마 되지 않아…….
반봉 장군도 죽었습니다요!
이 원소의 맹장 안량과 문추 가운데 하나만 있어도 화웅 따위는 단칼에 벨 수 있을 텐데……!

제가 가서 화웅의 머리를 베어다 바치겠소!
공손찬 장군, 저 사람이 누구요?
유비의 동생 관우요!
지금 어떤 벼슬을 하고 있소?
유비의 아래에서 마궁수로 있소.

공손찬의 말을 듣고 원술이 관우에게 소리쳤어.
네 이놈! 네가 우리 제후들에게 화웅을 벨 장수가 없다고 깔보는 거냐? 하찮은 마궁수 주제에, 어디서 함부로 지껄이느냐?
여봐라! 저 건방진 놈을 끌어내 흠씬 두들겨 쫓아 버려라!
너무 그러지 마시오! 저 사람이 괜히 큰소리치진 않았을 테니 한번 내보내 봅시다.
말도 안 돼!
제가 화웅의 목을 베어 오지 못하면 제 목을 베시오!
그렇다면 이 따끈한 술 한잔 들고 가시오.
그 술은 잠깐 놓아 두시오. 얼른 갔다 와서 마시겠소!

퉁퉁퉁!
와아아!
관우가 화웅에게 달려가 싸우는 것 같소!
그런데 이내 관우가 막사로 돌아왔어.
자, 화웅의 목을 베어 왔소!
아직 술이 따뜻하군.
멍!
동탁은 화웅이 관우에게 죽었다는 보고를 받고 이각과 곽사를 불렀어.
두 사람은 군사 5만을 이끌고 급히 사수관으로 가서 관을 굳게 지켜라!
동탁은 이유, 여포와 함께 15만 군사를 거느리고, 낙양을 지키는 중요한 요새인 호뢰관으로 갔어.

낙양
이각·곽사
사수관
열여덟 제후
진류
호뢰관
동탁·이유·여포
동탁이 호뢰관으로 와서 지킨다고 하오. 어떻게 하면 좋겠소?
대군을 이끌고 와서, 우리가 낙양으로 가는 길을 막고 있소.
우리도 군사의 반을 거느리고 호뢰관으로 가서 동탁과 싸웁시다.
원소는 왕광, 교모, 포신, 원유, 공융, 장양, 도겸, 공손찬 등 여덟 제후를 호뢰관으로 가게 했어.
왕광이 맨 먼저 호뢰관 앞에 이르렀어. 여포가 적토마에 올라 기병들을 이끌고 덤볐어.
기다리고 있었다! 어서 오너라!

누가 먼저 나가 싸우겠느냐?
여기 방열이 나갑니다!

여포는 방열을 한 창에 쓰러뜨렸어.

반역자들을 모조리 쓸어버려라!
와아, 너무 무섭다!
달아나자!
쟤가 그 유명한 여포래!

왕광은 겨우 달아나 진영으로 갔어.
여포가 워낙 용맹해서 당할 사람이 없을 것 같소.
큰일이군.
여포가 또 싸움을 걸어 왔습니다!
여덟 제후들은 군사를 이끌고 나가 여포와 맞섰어.
여포 님 나가신다아!
와아!

상당군 태수 장양의 부하 장수 목순이 용감하게 여포에게 덤볐으나…….
이놈, 여포야!
으악, 팔 하나를 잃었다!
이번에는 북해군 태수 공륭의 부하 장수 무안국이 나섰는데…….
까아불고 있어!
여덟 제후들은 풀이 죽었어. 도와주러 온 조조가 나섰어.
여포가 워낙 용맹스러워 어쩔 수가 없소. 여포만 없애면 동탁을 죽이기는 쉬울 것이오.
여포가 또 싸움을 걸어 왔습니다!
이번에는 공손찬이 나섰는데,
챙
챙

몇 합 싸우지도 못하고 달아나기 시작했어.
서라! 거기 서지 못해?
엄청나게 센 놈이군!
그런데 여포의 적토마는 바람같이 빨랐어.
넌 이제 끝장이다!
이때 장비가 여포에게 덤볐어.
이놈, 여포야! 장비가 여기 있다!
여포는 공손찬을 버리고 장비에게 덤볐어. 그런데 두 장수는 50여 합을 싸워도 승부가 나지 않았어.
여기 관우도 있다!
챙
챙
챙

장비와 관우가 여포와 30합을 싸웠으나 여포를 꺾지 못했어. 마침내 유비도 달려와 싸움을 도왔어.

이윽고, 여포는 세 사람을 상대하기 힘들어, 말을 달려 달아나기 시작했어.

이때다! 동탁의 군사들을 쳐라!

호로관을 빼앗아라!

여포가 호로관 안으로 도망쳐 들어가자, 바로 문이 닫혔어.

유비 형제는 호뢰관 아래에 이르렀어.
저기 해가리개가 있다!
그 아래에 틀림없이
동탁이 있을 것이다!
동탁을 잡아
없애야겠소!
그러면 모든 게
끝나오!
이랴!
역적 동탁아,
기다려라!
장비가 간다!
우두두
두

6. 황제의 상징 옥새

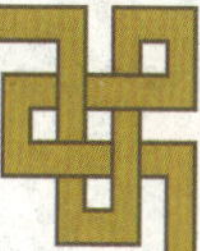

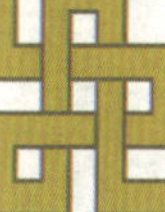

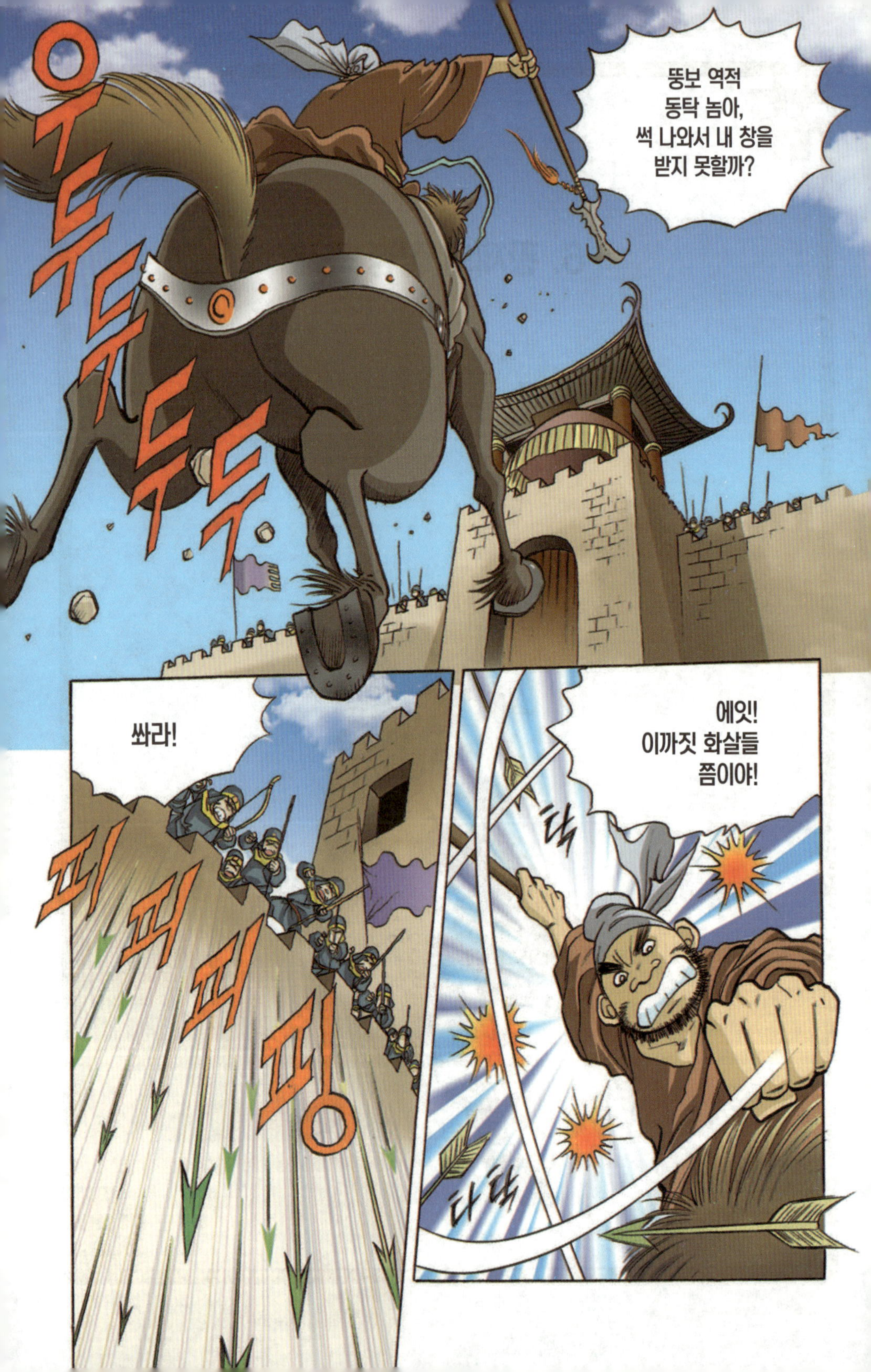

우두둑 두둑 두둑
뚱보 역적 동탁 놈아, 썩 나와서 내 창을 받지 못할까?
쏴라!
피 피 피 핑
에잇! 이까짓 화살들 쯤이야!
딱
다닥

화살을 막으면 돌을 던져라!
자, 돌 맛을 보아라!
뭐, 뭐야, 이건?
오라는 동탁 놈은 안 오고, 화살과 돌만 날아오네?
깡!
안 되겠다. 작전상 후퇴다!
달아난다. 꼴좋다.

여덟 제후는 유비, 관우, 장비를 불러 칭찬했어.

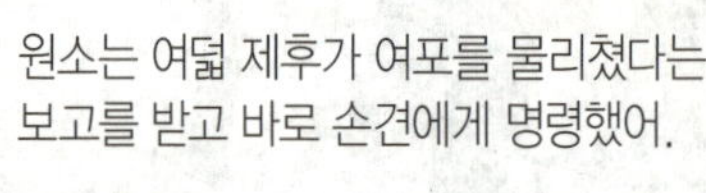

유비 삼형제가 여포를 꺾었소.
참으로 통쾌한 승리였소.
동탁이 크게 놀랐을 거요.

원소는 여덟 제후가 여포를 물리쳤다는 보고를 받고 바로 손견에게 명령했어.
이 기회에 동탁을 바짝 공격해서 무찌르시오!
멧돼지 사냥을 하는군요.

손견은 싸우러 가기 전에 원술을 찾아갔어.
내가 목숨을 걸고 이 싸움터에 나온 것은, 역적을 쳐서 나라를 구하기 위해서요.

그런데 장군은 나를 헐뜯는 부하의 말이나 듣고 군량을 보내 주지 않아 나를 싸움에 지게 했소!
아, 아니, 그, 그것은…….
나는 지금 또 싸우러 가야 하오. 장군은 이번에도 부하의 말을 듣고 군량을 안 보내 주겠소?
아, 아니요. 잘못된 부하의 말을 들은 게 실수였소.
당장 그 부하의 목을 자르겠소. 그리고 다시는 그런 일이 없도록 하겠소.
원술은 곧 그 부하의 목을 자르고, 잔치를 벌여 손견을 대접했어.
자, 자, 승리를 위해 한잔!

이때, 손견의 부하가 급히 와서 손견에게 보고했어.
손견은 원술과 헤어져 자기의 진영으로 갔어.
관에서 한 장수가 말을 타고 와서 장군님을 뵙겠다고 합니다.
무슨 일이지?
관에서 왔다는 장수는, 동탁이 가장 믿고 아끼는 이각이었어.
무슨 일로 왔는가?
상국께서는 용맹스러운 손 장군님을 존경하고 좋아하십니다.
상국께 따님이 계신데, 장군님의 아드님과 짝을 지어 주고 싶다며 저를 보내셨습니다.
뭐, 뭐라고?

손 장군님께서 허락해 주시면 상국께서는 손 장군님을 특별히 잘 대접해 드릴 뿐 아니라,
손 장군님의 아드님들에게 높은 벼슬을 내린다 하셨습니다.
동탁 놈이 내가 두려우니까, 나를 자기 편으로 끌어들이려고 수작을 부리는구나!
깜짝이야!
땅
부모가 자기의 목적을 이루려고 아들, 딸들의 뜻을 무시하고 억지로 시키는 이런 결혼을 '정략결혼'이라고 하지.
옛날부터 정략결혼을 하여 불행하게 된 사람들이 많았어.
얼굴도 못 보고 사랑도 없이 결혼했기 때문이었어.
장군, 상국께서는 천하의 권력을 한 손에 쥐고 계십니다.

상국님의 말씀을 잘 생각해 보십시오!
동탁은 역적이다! 나는 그 역적을 치기 위해 일어선 사람이다!
내가 어찌 역적 놈과 사돈을 맺겠느냐?
내 너를 당장 죽여야겠지만 살려 주겠다! 빨리 돌아가서 관을 나에게 바쳐라!
이각은 꽁지가 빠지게 관으로 돌아가, 손견이 한 말을 그대로 동탁에게 보고했어.
뭐라고? 손견 그놈이 감히 무례하게 내 청을 거절해?

그놈을 어떻게 혼내 주어야 하지?
여포가 유비 형제와의 싸움에 지고 도망쳐 오는 바람에, 병사들의 사기가 땅에 떨어졌습니다.
그러니 차라리 낙양으로 돌아가, 황제를 옛 수도인 서쪽의 장안으로 옮기는 것이 좋겠습니다.
뭐라고? 수도를 낙양에서 장안으로 옮기자고?
그렇습니다. 요즈음 아이들이 거리에서 이런 노래를 부르고 있습니다.
서쪽에도 한나라 동쪽에도 한나라 사슴이 장안으로 들어가야 모든 재난이 없어질 거야

'서쪽에도 한나라'라는 말은, 고조(유방)께서 장안을 수도로 정한 뒤
열두 황제가 나라를 이어온 것을 말하고,
'동쪽에도 한나라'라는 말은, 광무제(유수)께서 동쪽 낙양으로 수도를 옮긴 뒤
지금까지 열두 황제가 나라를 이어온 것을 말합니다.
음……, 듣고 보니 그렇군.
이것은, 하늘이 내리는 운세가 한 바퀴 돌아 되돌아갈 때가 되었다는 뜻입니다.
그러니 수도를 장안으로 도로 옮겨야, 모든 걱정스러운 일이 사라질 것입니다.
그래, 맞아!

네가 말해 주지
않았으면 그것을
알지 못할 뻔했구나.

게다가
장안은 내 세력의
바탕이 되는
서쪽 양주와
가까우니,
여러 가지로
유리하지.

동탁은 이유, 여포, 그리고 자신이 직접
이끌고 온 군사들을 모두 거느리고
낙양으로 돌아가,

높은 벼슬아치들을 모두 모이게 했어.

우리 한나라가
동쪽 낙양을 수도로
정한 지 2백 년도
넘어, 기세가 많이
사라진 것 같소.

옛 수도인 장안의 기세가 오히려 좋아진 것 같소.
그래서 장안을 다시 수도로 정하고, 황제 폐하를 모시고 옮아 갈까 하오.
그러니 모두 장안으로 갈 준비를 서두르도록 하시오!
수도를 옮긴다고?
갑자기 무슨 소리?
사도 양표가 나섰어.
낙양의 기세가 나빠지고 장안의 기세가 좋아졌다는 것은 믿을 수 없습니다.
이제 뚜렷한 이유도 없이 종묘와 황릉을 버리고 다시 장안으로 간다면,
장안이 전쟁 때문에 심하게 불타고 부서져 수도를 낙양으로 옮겼었는데,

백성들이 크게 놀라 마음을 바로잡지 못할 것입니다. 세상이 흔들리기는 쉽지만 안정되기는 어렵습니다.
그러니 상국께서는 한 번 더 깊이 생각해 보시기 바랍니다.
'종묘'는 황실이나 왕가의 조상신들을 모신 곳이고,
'황릉'은 황제들의 무덤을 말해.
이놈! 네가 나라의 큰 계획을 방해하겠다는 것이냐?
태위 황완이 나섰어.
양 사도의 말이 맞습니다. 장안은 지금까지도 거의 폐허나 다름없습니다.
땅
훌륭한 궁궐을 버리고 폐허로 간다는 것은 마땅치 않습니다.

지금 동쪽에서는 역적 제후들이 서로 짜고 일어나 세상이 온통 어지럽지 않은가!
장안은 효산, 함곡 같은 험한 곳이 있어 적을 막아 줄 뿐 아니라,
가까운 곳에서 나무, 돌, 기와도 쉽게 구할 수 있어, 한 달쯤이면 새 궁궐을 지을 수 있다! 그러니 더 말하지 마라!
이번에는 사공 순상이 나섰어.
수도를 억지로 옮기면, 백성들이 불안해서 난리를 일으킬지 모릅니다.
내가 나라를 위해 수도를 옮기는데, 어찌 그까짓 백성들의 생각까지 살펴야 한단 말이냐?

동탁은 양표, 황완, 순상의 벼슬을 빼앗고, 그들을 궁궐에서 쫓아냈어.
뿐만 아니라, 그 뒤에도 수도 옮기는 것을 말리는 벼슬아치들은 목을 베게 했어.
훠이!
입…… 조심!
수도를 옮기는 데 필요한 돈과 식량이 많이 모자랍니다.
이유, 그럼 어떻게 하지?
낙양에 부자들이 많이 있으니, 그들의 재산을 모두 거두어들이십시오.
특히, 옛날부터 역적 원소 집안에 붙어 출세하고 재산을 모은 사람들이 많은데,
그들의 재산만 빼앗아도 엄청날 것입니다.
맞아!

동탁은 낙양의 부자 수천 명을 잡아, 머리 위에 '역적'이라고 쓴 기를 꽂아
성 밖으로 끌고 나가 목을 베게 하고,
역적
역적
이놈도
목을 베어라!
전 역적이
아니라, 역전의
명수라고요!

그들의 재산을 모두 빼앗았어.
많기도 하다!

그리고 낙양의 백성들을 장안으로 이사하게 했어.
빨리빨리
짐을 싸라!
짐을 쌌으면
집에서 나와!

꾸물거리지 말고
빨리빨리 걸어라!
꾸물거리면
죽는다!
더 빨리,
더 빨리!

굼벵이를 삶아 먹었느냐?
악!

너는 달팽이 국을 끓여 먹었구나!
으악!

죽기 싫으면 빨리 걸어라!
응애 응애
앙앙, 아빠, 아빠!

그리고 역적 제후 놈들이 와서 이용하지 못하게, 낙양을 모두 불태워 버려라!

궁궐과 백성들의 집, 성문들이 불길에 휩싸였어.

여포는 죽은 황제와 황후들의 무덤을 파헤쳐, 그 속에 들어 있는 금은보화를 모두 꺼내 오너라!
예, 알겠습니다!
몹쓸 짓을 시키는군.
샅샅이 뒤져 모두 꺼내라!
이거, 벼락 맞을 짓 하는 거 아냐?
귀신이 가만있지 않을 텐데…….
동탁은 황제를 윽박질러 억지로 끌고, 금은보화를 실은 수레들을 뒤따르게 하며 출발했어.
장안으로!

사수관을 지키던 동탁의 부하 장수 조잠은, 동탁이 낙양을 버렸다는 사실을 알고 제후 연합군에 항복했어.
손견이 맨 먼저 군사를 거느리고 사수관으로 갔어.
어서, 어서 오십시오!
한편, 유비·관우·장비는 호뢰관을 쳐서 빼앗았는데,
항복하라!
항복!
이어, 제후들도 군사를 이끌고 호뢰관으로 들어갔어.
제후 연합군은 마침내 낙양에 도착했어.
쯧쯧, 역적 동탁이 낙양을 불태워 버렸군.
잿더미만 남았네요.

조조는 원소를 찾아갔어.
역적 동탁이 서쪽 장안으로 달아나고 있으니, 빨리 쫓아가 쳐야 합니다. 그런데 왜 맹주께서는 쫓지 않으십니까?
군사들이 모두 지쳐 있어서, 쫓아가 봐야 헛일일 것 같소.
제후 여러분, 역적 동탁 놈이 궁궐을 불태우고 황제를 윽박질러 끌고 달아나, 온 나라 백성들이 어쩔 줄 모르고 있소.
그러니까 뭘 어쩌라고……?
이것은 바로, 하늘이 동탁을 버리는 것이오.
동탁을 쳐서 나라를 바로 세울 다시없는 기회인데, 여러분은 왜 쫓아가지 않으시오?

가볍게 움직이면 안 되오!
그렇소. 잘 생각해서 해야 하오.
쟤는 혼자 잘났어, 정말.

아아, 이런 못난 사람들과 어찌 큰일을 함께할 수 있단 말인가?

曹
조조는 제후들에게 더 말하지 않고, 바로 동탁을 쫓아 나섰어. 장수 하후돈, 하후연, 조인, 조홍, 이전, 악진 등과 군사 1만 명을 이끌고 급히 달렸어.
나 혼자서라도 역적 동탁을 꼭 잡아야 해!

한편, 동탁의 행렬은 형양성에 이르렀어. 형양 태수 서영이 동탁을 맞아들였어.
쉬어 가십시오, 상국님.

형양 태수 서영입니다.
이 만화를 그리는 사람하고 이름이 같네?
그 만화 작가보다야 제가 더 미남이죠.
동탁이 좀 쉬려고 하자, 이유가 서둘러 말했어.
상국께서 낙양을 버리셨으니, 뒤에서 쫓아올지도 모를 제후의 군사들을 막을 준비를 해야 합니다.
아, 그렇군.
서영 태수에게 군사를 성 밖 후미진 곳에 숨겨 두게 하고,
쫓아오는 적의 군사가 있으면 지나가도록 내버려 두게 하십시오.
뭐라고?

쫓아오는 적의 군사를 지나가도록 내버려 두라고?
그래, 그러면 되겠군.
그때 서영 태수가 숨겨 두었던 군사들을 이끌고 나와 그들을 칩니다.

여포 장군이 군사를 거느리고 우리 행렬의 뒤를 지키다가 그들을 치면 됩니다.
쫓아오던 적의 군사들은 여포 장군의 공격을 받고 형양 쪽으로 달아날 것입니다.
흐음, 그래서?
그렇게 되면 쫓아오던 군사들이 모두 독 안에 든 쥐 꼴이 되겠군!
바로 그렇습니다.

동탁은 이유의 말대로, 서영에게 군사를 숨기게 하고, 여포에게 행렬의 뒤쪽을 막으라고 지시했어. 그리고 다시 행렬을 이끌고 장안으로 향했어.
여포, 성공을 빈다.
동탁이 저기 가고 있다! 잡아라!
이유가 말한 대로 조조가 쫓아오는구나.
이놈, 조조야! 여포가 여기 있다!
앗, 여포!

이 역적 동탁 놈아, 황제를 끌고 백성들을 몰고 어디로 가느냐?
상국님을 모시다가 죽이려 한 배반자가 무슨 소리를 지껄이느냐?
멧돼지 여포야, 잔소리 걷어치우고 이 하후돈의 창을 받아라!
넌 또 뉘 집 어린아이냐?
와
이때, 왼쪽에서 이각이 군사를 이끌고 조조에게 덤벼들고,
와아아이!!
오른쪽에서 곽사가 군사를 몰고 달려들었어.
놈들을 박살 내라!

조조 편에서는 하후연과 조인이 나서서 맞서 싸웠으나 밀렸어.

안 되겠다!
후퇴하라!

후퇴?
이 여포에게 머리를
바치고 후퇴하라!

앗,
무지막지한
여포!

조조 군은 크게 져서 형양 쪽으로
허둥지둥 달아났어.

때리러 갔다가
얻어맞고 달아나는군.

조조가 어느 산 기슭에 이르렀을 때, 사방에서 적의 군사들이
덮쳐 왔어. 숨어 있던 서영의 군사들이었지.

우와아!

와!

앗,
저 군사들은
또 뭐야?

조조 놈아, 꼼짝 마라! 서영이 기다리고 있었다!
에이쿠, 다시 뒤로 도망쳐라!
어디로 도망쳐?
악!
핑
달려라, 달려! 어깨에 꽂힌 화살을 뺄 틈도 없구나!
얏! 내가 여기 숨어 있는 줄은 몰랐지?
히히힝!
으악!

잡았다!
제법 높은
장군 같은데?
그렇다면
상금을
두둑이
받겠군.
이놈들!
감히
우리 장군님을!
으윽!
캑!
장군님, 괜찮으세요?
어서 일어나십시오.
아, 조홍이군.
예, 제가
모시겠습니다.
나는
여기서
죽게 되었다.
동생은 빨리
달아나거라!

조조가 말에 올라 달리자, 조홍은 무거운 갑옷을 벗어 버리고 말을 따라 달렸어.

아아,
이제 꼼짝없이
죽었구나.

장군님,
저를 꼭
잡으십
시오.

허억
허억

조조가
강을 건넌다!
활을 쏴라!

조조와 조홍은 겨우 강을 건너
달아났어.

두 사람이 어느 언덕 아래에 주저앉아
잠깐 쉬는데,

갑자기 한 무리의 군사들이 소리를 지르며 덤벼 왔어.
저기 있다!
잡아라!
저건 또 뭐지?
와아!

서영이 강 상류의 얕은 곳을 건너 쫓아온 것이었어.
너희들은 인제 독 안의 쥐다!

이때, 조조의 부하 장수 하후돈과 하후연이 기병들을 이끌고 달려들었어.
서영 이놈! 꼼짝 마라!

에잇! 하후돈의 창이다!
으악!

서영이 죽자, 서영의 군사들은 모조리 흩어져 달아났어.
엄마야!

곧이어 조인, 이전, 악진이 군사들을 이끌고 조조를 찾아왔어.
다행히 무사했군.

겨우 목숨을 건진 조조는, 살아남은 장수와 군사 5백 명을 데리고 하내로 돌아갔어.

조조는 스스로 꾀가 있다고 자랑스럽게 여기고, 역적을 쳐서 나라를 바로 세운다는 좋은 목적을 내세웠으나,
혼자 너무 성급하게 싸우다가 동탁에게 크게 진 거야.

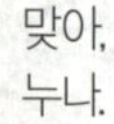

'기는 놈 위에 나는 놈'이 있었군요.
맞아, 누나.

동탁은 계속 장안을 향해 가고,

제후들은 각각 낙양에 머물렀어.

밤이 되자, 폐허가 된 낙양은 짙은 어둠에 싸였어. 그 어둠 속에 손견이 혼자 서 있었어.

황제의 별이 밝지 못해 역적이 나라를 어지럽게 하고, 백성을 진흙탕 속에 빠뜨리더니,

마침내 수도 낙양이 온통 불타 버렸구나.

장군님!

궁전 터 남쪽 우물에서 다섯 빛깔의 빛이 뻗어 나오고 있습니다.

손견은 곧 군사들을 불러, 횃불을 들고 우물 속을 살펴보게 했어.

놀랍게도 우물에서 한 궁녀의 시체가 나왔는데, 그 궁녀는 비단 주머니 하나를 목에 걸고 있었어.
그 주머니 속에는 붉은색의 작은 상자가 들어 있고, 상자 안에는 황제의 도장인 '옥새'가 들어 있었어.
앗! 이, 이것은 옥새가 아닌가?
이 옥새는, 맨 처음 중국을 통일한 진시황이 신비로운 옥으로 만든 것인데,
'受命于天(수명우천) 旣壽永昌(기수영창)'이라는 여덟 글자를 새겼어.
'하늘의 명을 받았으니 영원히 번성하라!'라는 뜻이었어.
이 옥새는 '나라를 전하는 옥새'라 해서 '전국새'라고 불리었는데, 정통적인 황제의 상징이 되었지.

그러니까 이 옥새를 가지고 있어야 '진짜 황제'라고 여겨졌어.
정보가 말했어.
십상시의 난 때 소제께서 장양과 단규에게 끌려 북망산에 갔다가 궁궐로 돌아와 보니,
이 옥새가 없어졌다고 했습니다.
그 옥새를 지금 하늘이 장군님께 내리시니, 장군님은 황제의 자리에 오르실 수 있습니다.
빨리 강동으로 돌아가, 황제에 오르실 준비를 하십시오.
나도 그렇게 생각하네. 내일, 병이 났다고 제후들에게 말하고 강동으로 돌아가야겠네.

너희들은 절대로, 내가 옥새를 얻었다는 사실을 입 밖에 내지 마라. 알겠느냐?
예.
저도요.
그런데 그 군사들 가운데 하나가 몰래 원소를 찾아갔어.
그 군사는 원소와 같은 고향 사람이었는데, 그 사실을 일러바쳐 출세하려고 한 거야.
손견 장군이 옥새를 얻어, 몰래 가져가려고 합니다.
뭐, 뭐라고?
고자질
다음 날, 손견은 원소를 찾아갔어.
제가 몸에 병이 나서 장사로 돌아가려고 인사를 드리러 왔습니다.
옥새 때문에 병이 났지요?
예? 무, 무슨 말씀입니까?

우리는 지금 나라를 바로잡으려고, 군사를 일으켜 역적을 치고 있소.
옥새는 나라의 보물이니, 그대가 그것을 얻었으면 여러 제후들이 보는 가운데 맹주인 나에게 맡겼다가,
동탁을 없앤 뒤 나라에 바쳐야 하오. 그런데 그것을 감추고 떠나려 하다니, 그게 무슨 짓이오?
무슨 옥새가 나한테 있다고 하시오?
우물에서 건진 옥새는 지금 어디 있소?
우물에서 건진 옥새라니요!
어서 내놓으시오. 시치미 떼다가 혼나지 말고!
내가 그런 보물을 얻어 감추었다면 천벌을 받아, 맞아 칼과 화살에 죽을 것이오.

잠자코 듣고 있던 제후들이 나섰어.
손견 장군이 그렇게까지 말하는 걸 보니 옥새를 가지고 있지 않은 것 같소.
맹주님이 뭔가 오해를 하신 것 아니오?
원소는 옥새 사건을 일러바친 군사를 불렀어.
우물에서 옥새를 건질 때, 이 사람도 있었지 않소.
이, 이놈이……!
네가 저 군사를 죽이려는 걸 보니, 옥새를 감춘 게 틀림없구나!
원소 뒤에 있던 안량과 문추도 칼을 뽑았고,
손견의 뒤에서 정보, 황개, 한당도 칼을 빼 들었어.
스릉

원소는 크게 화가 나서, 급히 편지를 써서 형주 자사 유표에게 보냈어.

손견이 장사로 돌아가는 길을 막고 옥새를 빼앗아 달라는 내용이었어.

이튿날 원소는, 형양에서 동탁에게 크게 지고 돌아온 조조를 위로하려고 잔치를 베풀었어.

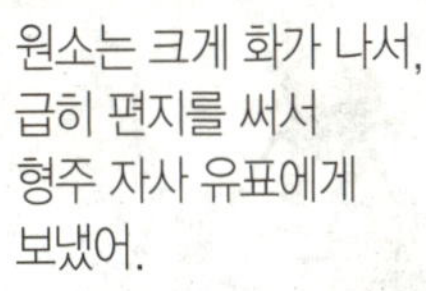

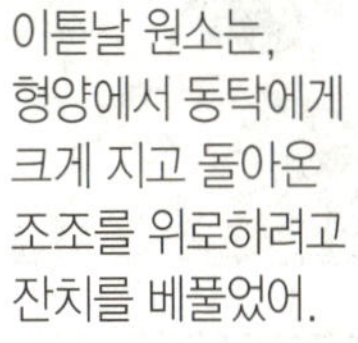

원소와 유표는 아주 친한 사이였지.

조조가 술잔을 비우고 씁쓸한 표정으로 입을 열었어.
나는, 모두 힘을 합쳐 나라를 위해 역적을 없애자고 했소.
다행히 여러분이 나의 뜻을 받아들여 모여 주었소. 우리가 처음처럼 뜻을 합치고 힘을 모았으면 당장 역적을 쳐 없앨 수 있었을 것이오.
그런데 왠지 여러분이 머뭇거리며 움직이지 않아, 백성들의 바람을 이루지 못했소.
나로서는 부끄럽기 짝이 없게 되었소.
원소를 비롯, 제후들은 모두 할 말이 없었어.
제후들이 저마다 딴생각으로 자기의 이익만 생각하고 있군. 이 사람들과 함께 큰일을 할 수는 없겠어.
조조는 군사를 이끌고 양주로 가 버렸어.

한편 공손찬도…….

원소는 큰일을
해낼 사람이 못 되오.
여기 오래 있으면
무슨 일이 생길지 모르니,
우리도 돌아가야겠소.

공손찬은 곧 북쪽으로 떠났는데, 평원국에 이르자
유비를 평원국의 '상'으로 임명하고,

북평으로 돌아가 앞날을 위해
군사들을 길렀어.

'국'의 '상'은,
그때까지
유비가 지낸
어떤 벼슬보다
높아, '군'의
'태수'와 맞먹는
자리였어.

이때 낙양에서는
연주 자사 유대가
동군 태수 교모에게
군량을 꾸어 달라고
했는데 꾸어 주지 않자,

뭐야?

군사를 이끌고 교모의 진영으로 쳐들어가 교모를 죽이고
교모의 군사를 합쳤어.

곁에서 이런 사건들이 자꾸 일어나자, 원소는 한탄했어.
제후 연합이 이렇게 무너지는구나.

그리고 자신도 군사를 이끌고 낙양을 떠나 관동으로 가 버렸어.
나도 가노라.

한편, 형주 자사 유표는 한나라 황실의 종친으로서 '강하 땅의 빼어난 인재'라고 알려졌는데,

괴량·괴월 형제와 채모의 도움을 받으며 형주를 다스리고 있었어.

유표는 원소의 편지를 받자, 괴월과 채모에게 명령했어.
군사 1만을 이끌고 가서 손견의 길을 막으시오!
예!

손견의 군사가 형주 땅에 이르자, 괴월이 군사를 벌려 세우고 앞으로 나아갔어.
괴월, 너는 왜 이 손견의 앞길을 막느냐?
너는 한나라의 신하인데, 어쩌자고 옥새를 숨겨 가지고 있느냐?
어서 옥새를 내놓아라. 그러면 강동으로 가는 길을 터주겠다!
뭐, 뭐라고?
황개는 빨리 가서 저 건방진 괴월을 박살 내라!
황개 나갑니다!
황개가 철편을 휘두르며 나아가자, 채모가 칼을 치켜들고 덤볐어.
어서 오너라!

황개와 채모는 몇 차례 부딪치며 싸웠는데, 황개가 철편으로 채모의 갑옷 입은 가슴을 쳤어.

따앙
앗!

채모는 말 머리를 돌려 달아나기 시작했어.
손견이 군사를 몰아 채모를 쫓아갔어.

서라!

이때, 앞쪽에서 유표가 군사를
이끌고 나타났어.

유 자사는 어찌
원소의 편지만 믿고
이웃인 이 손견과
싸우려 하시오?
너는 옥새를 감추고
반역을 하려 하지
않느냐?

그렇다면 네 군사들의 짐을 모두 뒤져 보게 하라!
내가 옥새를 숨겨 가지고 있다면 천벌을 받아 죽을 것이오!
뭐라고?
손견은 화가 나서 유표에게 덤벼들었어.
네가 뭘 믿고 나에게 함부로 구느냐?

유표는 얼른 말 머리를 돌리더니 달아나기 시작했어.

서라!
이때, 양쪽 산에 숨어 있던 유표의 군사들이 한꺼번에 덤비고, 뒤쪽에서 괴월과
채모가 쫓아왔어.
와
아
아!
와
앗, 유표의 군사들에게
갇혀 버렸구나!

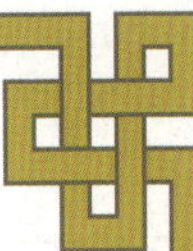

7. 손견의 마지막

정보, 황개, 한당 세 장수가 나타나, 손견을 에워싼 유표의 군사들과 죽기 살기로 싸웠어.
이놈들, 썩 비키지 못할까?
죽고 싶은 놈들만 덤벼라!
하룻강아지 범 무서운 줄 모르는 놈들!
세 장수는 가까스로 손견을 포위망에서 구해 내어 달아났어.
손견은 군사를 반이나 잃고 강동으로 돌아갔는데, 이때부터 유표는 손견의 원수가 되었어.
두고 보자! 유표 이놈, 반드시 원수를 갚아 주마.

이 무렵, 원소는 하내에 머무르고 있었는데, 어느 날 참모 봉기에게 말했어.
군량이 모자라는데 기주 자사 한복이 식량을 보내왔군. 참으로 고마운 일이야.
천하를 누비는 대장부께서 남이 갖다 주는 식량이나 얻어먹어서야 되겠습니까?
기주는 식량뿐 아니라 다른 재물도 많은 곳인데, 장군께서는 왜 그곳을 손에 넣지 않으십니까?
나도 손에 넣고 싶은데 좋은 방법이 없으니 어떻게 하겠나?
제게 좋은 생각이 있습니다.
어떤 것인가?

공손찬을 이용하면 됩니다.
공손찬을? 어떻게?
공손찬에게 '함께 기주를 쳐서 땅을 똑같이 나누어 가지자.'라고 편지를 써 보내십시오.
그러면 공손찬은 틀림없이 군사를 일으킬 것입니다.
그럼 한복은 장군께 도와달라고 청하게 될 테고,
장군께서는 싸움 한 번 하지 않고 기주를 차지할 수 있을 것입니다.
그것 참 기막힌 생각이로군!

공손찬은 원소가 보낸 편지를 읽고 크게 기뻐했어.
함께 기주를 쳐서 똑같이 나누자고? 그거 좋지!
공손찬은 바로 그날로 군사를 일으켰어.
가자, 기주로!
와아!
그러자 원소는 한복에게 사람을 보내, 공손찬이 기주를 치러 간다고 알려 주었어.
공, 공손찬이 우리 기주를 치러 온다는데, 어떻게 하면 좋겠는가?
참모 순심이 나섰어.
공손찬은 군사가 많고 유비·관우·장비가 곁에 있어서 막기가 어렵습니다.
지금 원소 장군은 용맹스럽고 지혜 있으며 이름난 장수들을 많이 거느리고 있으니,

그를 모셔다가 함께 기주를 다스리면, 그는 장군님을 잘 대접할 것이며, 공손찬 때문에 걱정하지 않아도 될 것입니다.
좋은 생각이다.
관순은 곧 가서 원소 장군을 모셔 오너라!
알겠습니다.
안 됩니다!
경무 아닌가?
원소는 지금, 우리가 도와주지 않으면 굶주릴, 아주 어려운 처지에 있습니다. 왜 그런 사람을 불러 우리 기주의 일을 맡기려 하십니까?
그것은, 양을 기르는 목장에 호랑이를 끌어 들이는 것과 같습니다!
나는 원래 원씨 집안 덕에 벼슬을 했고, 능력도 원소 장군만 못하다.

이 일로 많은 벼슬아치들이 벼슬을 버리고 한복에게서 떠났어.

그런데 경무와 관슈으 성 밖에 숨어, 원소가 오기를 기다렸어.

며칠 뒤, 원소가 군사를 거느리고 왔어.

그러나 경무는 안량의 칼에 죽고,

관순은 문추의 칼에 죽었어.

원소는 기주에 들어가자마자, 한복을 권력의 자리에서 내쫓아 버렸어.

한복은 비로소 뉘우쳤어. 그러나 아무 소용 없었어.
그는 가족을 버려두고 혼자 기주에서 빠져나가 진류 태수 장막에게 가서 쓸쓸히 지내다 자살했어.
외로워 외로워 참말로
저 녀석, 아주 나쁜 놈이네!
한편, 공손찬은 동생 공손월을 불러…….
뭐? 원소가 기주를 차지했다고?
예, 그렇습니다.
그렇다면 너는 당장 원소에게 가서, 약속한 대로 땅을 나누어 달라고 해라.
예.
공손월, 자네가 웬일로 나에게 왔는가?
형님이 약속대로 땅을 나누어 달라고…….
자네 형이 직접 오면 좋겠군. 의논할 일이 있으니까.
형님한테 그렇게 전하겠습니다.

공손월이 원소와 헤어져 얼마 가지 않았는데, 한 무리의 군사들이 앞길을 막았어.
우리는 동탁 상국의 군사들이다!
그들은 갑자기 공손월 일행에게 활을 쏘아 댔어.
공손월의 부하 하나가 겨우 살아 돌아가 공손찬에게 이 사실을 알렸어.
뭐라고? 동탁의 군사들이?
퍼 퍼 펑!
원소 이놈! 나를 부추겨 기주를 치라 하더니, 어느새 기주를 혼자 차지하고,
부하들을 동탁의 군사로 꾸며 내 동생을 죽이기까지 하다니! 내 당장 원수를 갚겠다!

공손찬은 군사를 거느리고 기주로 쳐들어갔어.
언젠가는 꼭
싸워야 한다면……
원소도
군사를
거느리고
나섰어.
공손찬과 원소는 '반하'라는 곳에서 강의 다리를 사이에 두고 맞섰어.
공손찬의 군사는 다리 서쪽에, 원소의 군사는 다리 동쪽에 자리 잡았어.
서라.
우리도
서자.

공손찬이 다리 위로 올라가 원소에게 소리쳤어.
약속을 어긴 배신자 원소 놈아! 어찌 나를 속이느냐?
한복이 능력이 모자라 스스로 기주를 나에게 주었는데, 네가 왜 말이 많으냐?
지난번엔 네가 의로운 줄 알고 너를 맹주로 받들었는데, 지금 보니 늑대의 심보로 개 같은 짓만 하는구나!
저, 저, 저놈이……! 누가 가서 저 건방진 놈을 사로잡아 오겠느냐?
여기, 문추가 나갑니다!

공손찬, 기다려라!
문추와 공손찬은 다리 옆에서 맞붙었어.
챙
챙챙
얏!
에잇!
문추 놈,
보통이 아닌걸.
서라! 어디로
달아나느냐?

공손찬의 장수 넷이 한꺼번에
문추에게 덤볐어.
사방에서 덮쳐라!

에잇, 너희들은 귀찮다!
으악!
허겁지겁 산골짜기로 달아나는 공손찬을 문추가 바짝 쫓았어.
그런데 공손찬의 말이 갑자기 무엇인가에 발이 걸려 쓰러졌어.
히항 히항
앗!

공손찬, 넌 이제 마지막이다!

이때, 앳되어 보이는 소년 장수가 문추에게 덤볐어.

문추, 기다려라!

소년 장수와 문추는 한참 동안 불꽃 튀게 싸웠으나 승부가 나지 않았어.

창

차창

챙

그런데 그때 공손찬의 군사들이 몰려왔어.
와아아

문추는 할 수 없이 말 머리를 돌려 달아났어.
두고 보자.

소년 장수는 문추를 쫓지 않고 바라보기만 했어.

내 목숨을 구해 준 그대는 누구인가?
저는 상산국 진정현 사람인데, 성은 '조', 이름은 '운', 자는 '자룡'입니다.

원소 밑에 있었는데, 원소가 나라에 충성할 마음도 없고 백성을 돌보려는 마음도 없어, 그를 버리고 장군님을 찾아오는 길이었습니다.

장군님을 이렇게 뵙게 될 줄은 몰랐습니다.
찾아와 주어서 고맙소.

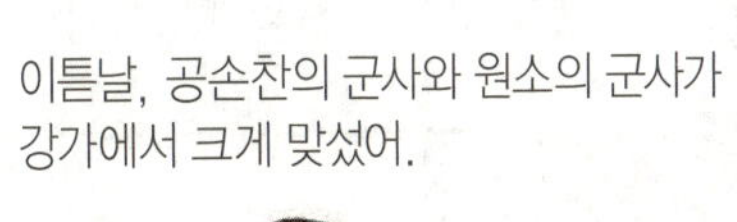

공손찬은 기뻐하며, 조운을 데리고 진영으로 돌아갔어.

이튿날, 공손찬의 군사와 원소의 군사가 강가에서 크게 맞섰어.
와아아!

공손찬 군에서는 소년 장수 조운이 눈부시게 활약하고,
야아앗!

원소 군에서는 안량과 문추가 활 쏘는 군사와 쇠뇌 쏘는 군사들을 거느리고
공손찬의 군사들을 공격했어.
아악!
피
피
피
핑!
익!
싸움이 여러 날
계속되어, 양쪽 군사들은
서로 이기고 지기를
거듭했어.
우와아
와아
무찔러라!
마침내 원소는 스스로 모든 군사를 이끌고
앞장섰어.
공격!
와아아
둥
둥
둥
공손찬은 원소에게 밀려
달아나기 시작했어.
안 되겠다!
후퇴하라!

조운이 공손찬을 지키며 함께 달렸어.
원소는 달아나는 공손찬을 바짝 쫓았어.
공손찬, 서라!
갑자기 한 무리의 군사가 나타나 원소의 앞을 막았어.
으아
뭐지?
그들은 유비와 관우, 장비가 이끄는 군사였어. 유비는 평원에 있었는데, 공손찬이 원소와 크게 싸운다는 소식을 듣고 부리나케 달려왔어.
원소! 유비가 여기 왔다!
관우도 왔다!
내 장팔사모 맛을 보겠느냐?

원소는 겁이 나서 달아났어.
이번엔 내가 달아나자!
동생이 먼 길을 달려와 구해 주지 않았으면 큰일 날 뻔했군.
무사하셔서 다행입니다.
공손찬은 조운을 불러 유비 형제들에게 소개했어.
유비와 조운은 첫눈에 서로 마음이 끌렸어.
나를 위기에서 구해 준 소년 장수네. 어리지만 아주 용맹스럽지.
조운이라고 합니다. 소문으로만 듣던 세 분을 뵙게 되어 기쁩니다.

원소는 유비 형제에게 쫓겨 달아난 뒤, 진영에서 한 발짝도 나오지 않았어. 양쪽 군사는 한 달이 넘도록 맞서 있기만 했어.

한편, 동탁은 장안으로 수도를 옮긴 뒤 스스로 자신을 가장 높은 벼슬인 '태사'라 하고 모든 권력을 휘두르고 있었는데,

어느 날 이유가 말했어.

원소와 공손찬이 오랫동안 반하에서 싸우고 있는데, 좀처럼 승부가 나지 않습니다.

누가 뭐라 해도 원소와 공손찬은 이 시대의 인물들입니다. 황제께 말씀드려 두 사람에게 조서를 보내, 싸움을 그만두게 하는 것이 좋겠습니다.
그렇게 하면 두 사람은 지긋지긋한 싸움을 끝내게 되어, 태사님의 은혜에 깊이 감동해서,
앞으로 기꺼이 태사님을 따를 것입니다.
좋은 생각이다. 그렇게 하지.
황제의 사신이 원소와 공손찬에게 조서를 갖다 주자, 공손찬은 원소에게 편지를 보내 싸움을 그만두자고 했어.
고향으로!
마침내 원소와 공손찬은 군사를 거느리고 철수하기 시작했어.

유비와 조운은 헤어지기가 섭섭해서 눈물을 흘렸어.

원술은 원소와 유표에게 앙심을 품고, 강동의 손견에게 편지를 써 보냈어.
편지요오!
지난번 유표가 강동으로 돌아가는 손 장군의 길을 막은 것은 내 형 원소가 시켜서였습니다.
그런데 원소는 지금 유표와 함께 강동을 치려 하고 있습니다.
빨리 군사를 일으켜 유표를 치십시오. 나는 손 장군을 위해 원소를 치겠습니다.
그러면 손 장군은 두 원수를 함께 갚게 됩니다.
원수를 갚으면 손 장군은 형주를 차지하십시오. 나는 기주를 차지하겠습니다.
유표, 이 죽일 놈! 내가 옥새를 가지고 강동으로 돌아올 때 길을 막았었지!

손견은 황개를 강가로 보내, 출동 준비를 하게 했어. 형주를 치려면 배로 장강을 거슬러 올라가야 하기 때문이었지.

유표는 손견이 형주 공격을 준비하고 있다는 보고를 받고 깜짝 놀라 장수들과 참모들을 불렀어.

손견이 배로 쳐들어올 준비를 한다는데 어떻게 하면 좋겠소?

괴량이 나서서 차분히 말했어.

걱정하지 마십시오. 황조에게 강하군의 군사를 이끌고 앞장서게 하고, 주공께서는 형주성과 양양성의 군사를 거느리고 뒤에서 받쳐 주시면 됩니다.

손견의 군사들은 강과 호수를 건너오느라고 지쳐 있을 테니, 힘을 쓰지 못할 것입니다.

손견이 형주성을 공격하려면 강하군을 지나야 하는데, 강하군을 지키는 태수가 황조였어.

유표는 황조에게 강하에서 손견의 배들을 막으라 하고, 스스로 크게 군사를 일으켰어.

와!
야!
야!

손견 이놈! 그래, 한번 붙어 보자.

한편 강동에서는, 손견이 출전하려고 하는데 아우 손정이 앞을 막았어.
형님, 동탁이 멋대로 권력을 휘두르는데, 황제는 힘이 없어 온 세상이 어지러워졌습니다.
세력 있는 사람들이 저마다 한 고을씩 차지하고 서로 피 흘리며 땅 빼앗기 싸움을 하고 있는 이때에
작은 원한을 풀자고 군사를 크게 일으키는 것은 마땅치 않습니다.
다시 한 번 깊이 생각해 보십시오.
천하를 주름잡으려 하면서 원수를 그대로 둘 순 없다!
손견의 큰아들 손책이 나섰어.
아버님께서 꼭 가시겠다면 저도 따라 가겠습니다.
오, 그러렴!

출동!
둥 둥 둥
황조는 군사를 강가에 숨겨 놓아, 손견의 배가 가까이 오면 화살을 빗발치듯 마구 쏘게 했어.
손견의 배들은 장강을 거슬러올라가, 형주의 번성 앞 쪽에 이르렀어.
온다.
적들이 강가에서 활을 쏘면, 우리 군사들은 배 바닥에 납작 엎드려 화살을 피하라!

손견의 배들은 사흘 동안 수십 차례나 강가 쪽을 오르내렸어.
또 온다!
마구 퍼부어라!
큰일 났다. 화살이 다 떨어졌어.
나도!
화살 좀 꾸어 줘.
없다니까.
이제 어떡하지?
배에 박히거나 떨어진 화살들을 모두 모아라!
모은 화살이 10만 개가 훨씬 넘습니다.
이제 그 화살들을 황조의 군사들에게 모두 돌려주어라!

손견의 군사들은 강가로 올라가, 달아나는 황조의 군사들을 뒤쫓았어.

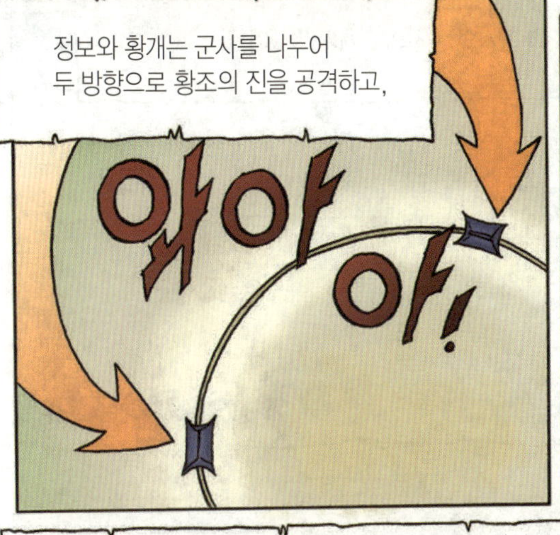

정보와 황개는 군사를 나누어
두 방향으로 황조의 진을 공격하고,
와아 아!

한당은 한 무리를 몰아
황조의 진 뒤쪽을 쳤어.
똥
침!

황조는 크게 져서 번성을 버리고, 멀지 않은 곳에 있는 등성으로 달아나 들어가 버렸어.
성문을
꽉 잠가라!

손견은 황개에게 배들을 지키게 하고,
스스로 군사를 이끌고 등성을 치러 갔어.
아예 박살을
내 버릴 테다!

손견이 등성 앞 들판에 이르자,
황조도 군사를 거느리고 성에서 나왔어.
어서 오너라!
죽기 살기로
한번 붙어 보자!

등성 앞 너른 들판에서 황조의 군사와 손견의 군사가 맞섰어.
단숨에 무찔러 버리자!
손견이 앞으로 나서자, 손책도 아버지 곁에 말을 세웠어.
황조도 장수 장호와 진생을 거느리고 나섰어.
이 강동의 날강도 놈아! 어찌 감히 황실 종친의 땅에 쳐들어오느냐?
황조가 장호를 내보내 싸움을 걸자, 손견은 한당을 내보냈어.
장호가 나가신다!
한당이 성대해 주겠다!

장호와 한당은 서른 차례도 넘게 맞붙었는데, 마침내 장호가 조금씩 밀리기 시작했어.
아앗!
장호, 힘내라! 이 진생이 도와주겠다!
너는 이 손책이 맡겠다!
핑
악!
앗, 진생이!
너도 진생을 따라가라!
으악!

정보는 황조를 잡으러 적진으로 곧장 쳐들어갔어.

황조, 달아나지 마라!

이크, 저놈이 나에게 오는구나!

황조는 투구를 벗어 팽개치고 말에서 내려, 군사들 사이에 섞여 달아났어.

이러면 나를 못 찾겠지.

손견은 한수에 이르러, 황개에게 사람을 보내 배들을 모두 한수에 옮겨 대게 했어.

황조는 얼마 남지 않은 군사들을 이끌고, 양양성으로 유표를 찾아갔어.

손견의 기세가 워낙 거세서, 싸워 이길 수가 없었습니다.

으음…….

괴량, 어떻게 하면 좋겠는가?

지금 우리 군사들은 싸움에서 지고 돌아와 더 싸울 힘이 없습니다.

성문을 굳게 닫고 손견의 공격을 막아야 합니다.
그리고 한편으로 원소에게 사람을 보내 도와 달라고 하면 손견을 물리칠 수 있습니다.
그때 채모가 불쑥 나섰어.
안 됩니다. 지금 적들이 성 가까이에 이르렀는데, 싸우지 않고 죽기를 기다리자는 말입니까?
채모는 1만이 넘는 군사를 거느리고 양양성 밖 현산에 진을 쳤어.
제가 군사를 이끌고 나가 맞서 싸워 보겠습니다!
그렇게 하시오.
손견을 박살 내자!
얍!

이내 손견이 군사를 거느리고 몰려왔어. 채모가 앞으로 나서며 크게 소리쳤어.
쥐새끼 같은 손견 놈아! 어서 말에서 내려 항복하지 못하겠느냐?
뭐, 뭐라고?
저 버르장머리 없는 놈은, 유표가 얼마 전에 얻은 첩의 오라비이다! 누가 가서 저놈을 사로잡아 오겠느냐?
여기, 정보가 나갑니다!
채모와 정보가 맞싸웠어. 그런데 몇 합 싸우지도 못하고 채모가 달아나기 시작했어.
쨍
쨍

손견은 군사를 휘몰아, 달아나는 채모의 군사를 쳤어.
모조리 무찔러라!

채모는 많은 군사를 잃고 겨우 양양성으로 도망쳐 들어갔어. 괴량이 소리쳤어.
채모 장군이 무리하게 나섰다가 크게 지고 왔으니 목을 베어야 합니다!

그러나 유표는 채모의 누이동생을 첩으로 들인 지 얼마 되지 않아 벌을 주지 않았어.
그렇게까지 할 수는…….
사랑하는 첩의 오라비니까.

손견은 양양성을 에워싸고 거세게 공격했어.
와아!

그런데 어느 날, 갑자기 바람이 세차게 불어, 손견의 장군기 깃대가 부러졌어.
뚝!
우지끈

한당이 걱정했어.
좋지 않은 징조입니다. 군사를 거두어 돌아가셨다가 다음 기회를 노리시지요.
무슨 소리! 곧 양양성을 손에 넣게 될 텐데, 그까짓 깃대 하나 부러졌다고 군사를 거두어?

손견은 더 거세게 양양성을 공격했어.
성을 빼앗아라!

양양성에서는 괴량이 눈을 빛내며 유표에게 말했어.
제가 어젯밤 하늘을 올려다 보았는데
장수별 하나가 가물가물 하늘에서 떨어지려 하고 있었습니다.
자세히 살펴보니, 그것은 틀림없이 손견의 별이었습니다.

빨리 원소에게 편지를 써 보내, 도와 달라고 하십시오.
오, 그러지.
유표는 편지를 써서 들고 장수들을 둘러보았어.
누가 적의 포위망을 뚫고 이 편지를 원소에게 갖다 주겠는가?
이 여공이 가겠습니다!
괴량이 여공에게 좋은 꾀를 가르쳐 주었어.
활 잘 쏘는 기병 5백 명을 이끌고 곧바로 현산으로 달려가시오.
틀림없이 손견이 뒤쫓아올 것이오. 그러면…….

괴량의 말을 다 듣고 여공은 크게 기뻐했어.
아주 좋은 계략이오. 꼭 그대로 하겠소!
저녁이 되자 여공은 기병들을 이끌고 양양성 동문으로 빠져나갔어.
따 가 닥 따 가 닥
손견이 말발굽 소리를 들었어.
웬 말발굽 소리냐?
성에서 한 떼의 기병들이 나와서 현산 쪽으로 달려갔습니다.
뭐라고? 틀림없이 구원군을 청하러 갔을 것이다!
손견은 다른 장수와 군사들을 부를 사이도 없이, 30여 명의 기병만 이끌고 여공의 뒤를 쫓아갔어.
놈들을 잡아라!

손견의 말이 부하 기병들의 말보다 빨라,
손견은 어느새 혼자 여공의 군사들을 쫓는
모습이 되었어.

갑자기 숲에서 여공이 튀어나와
손견의 앞을 가로막았어.

여공은 손견과
싸우는 척하다가 말을 휙 돌려 산길로
달아나기 시작했어.

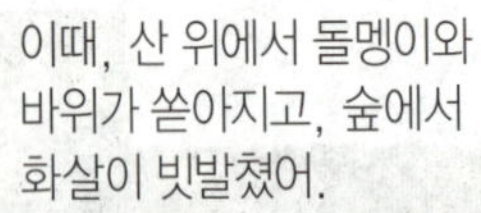

이때, 산 위에서 돌멩이와 바위가 쏟아지고, 숲에서 화살이 빗발쳤어.

으악!

손견은 돌멩이와 화살에 수없이 맞아 말과 함께 쓰러져 죽었어. 손견의 나이 겨우 서른일곱 살이었어.

여공은 손견이 이끌고 온 기병들을 모두 죽이고 포를 터뜨렸어.

양양성에서 괴량이 포 소리를 듣고 유표에게 달려갔어.
여공이 신호를 보내왔습니다. 손견을 죽였다는 것입니다.

유표의 장수 황조, 괴월, 채모가 각각 군사를 이끌고 강동군의 진영을 습격했어.

황개는 싸우다가 황조를 사로잡아 버렸어.
요 강아지 같은 녀석!
으으, 창피!

정보는 손책을 보호하며 싸움터에서 빠져나가다가 여공을 만나 창으로 찔러 죽였어.
으익!

양쪽 군사들은 밤새껏 싸웠는데, 날이 새자 각각 군사를 거두었어. 유표의 군사들은 양양성으로 들어가고,

손책은 한수로 돌아갔어.
뭐? 아버님께서 돌아가셨어?

손책은 비로소 아버지가 전사하고 시신을 유표의 군사들이 가져갔다는 사실을 알았어.
오오, 아버님의 시신을 적들이 가져갔으니 어떻게 하면 좋은가!

황개가 손책에게 다가왔어.
우리는 황조를 사로잡아 놓았습니다.
양양성에 사람을 보내 싸움을 그만두자 하고, 주공의 시신과 황조를 바꾸자고 하시지요.
이번에는 부하 환계가 나섰어.
저는 옛날 유표와 친하게 지냈습니다. 제가 가겠습니다.
일을 꼭 성공시키시오.
환계는 양양성으로 가서 유표를 만나, 찾아온 까닭을 말했어. 유표도 좋아했어.
어서 황조를 돌려보내게. 손견 장군의 시신을 곧 보내 주겠네.

환계가 돌아가려고 하자, 갑자기 괴량이 소리쳤어.

8. 미녀 연환계

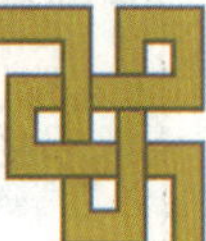

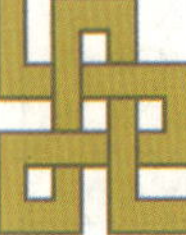

손견의 시신을 돌려주고 군사를 거두어 손견의 아들이 힘을 기를 시간을 주면, 틀림없이 우리 형주의 큰 걱정거리가 될 것입니다.

황조가 그쪽에 잡혀 있다. 어떻게 그가 죽게 놓아둘 수 있는가?

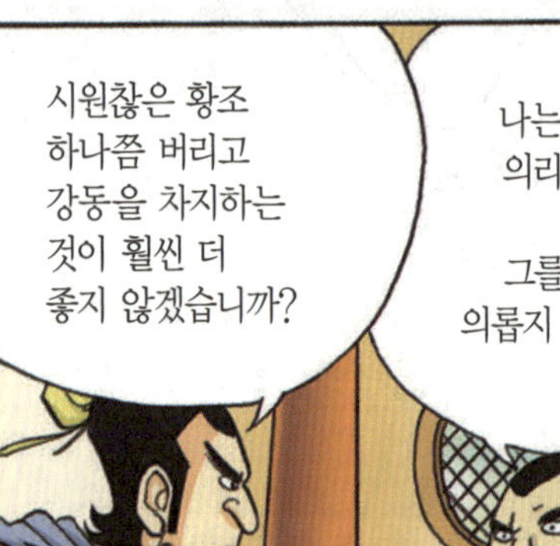

강동으로 돌아온 손책은 겸손하게 널리 인재를 구했어. 머지않아 많은 인재들이 모여들었어.

한편, 장안에 있는 동탁은 손견이 죽었다는 소식을 듣고 크게 기뻐했어.

흐흐흐, 강동의 호랑이가 맥없이 죽다니, 큰 걱정거리 하나가 없어졌군.

손견의 큰아들이 몇 살이지?

열입곱 살이라 합니다.

그럼 뭐, 신경 쓰지 않아도 되겠군.

그 뒤 동탁은 더 멋대로 권력을 휘두르며 설쳤어. 나들이할 때에는 꼭 황제처럼 꾸미고,

물렀거라!

친척들을 모두 높은 벼슬자리에 앉혔어.

덕분에 한 자리 하는군.

벼슬이 좋긴 좋구나.

무식한 내가 높은 벼슬을 해도 되나?

동탁은 백성 25만 명을 억지로 끌어다, 장안에서 250리 떨어진 곳에 '미오'라는 성을 짓게 했어. 미오성은 크기가 장안성만 하고, 안에 궁궐을 지었는데,

동탁은 가족과 함께 미오성에서 살며, 보름이나 한 달에 한 번씩 장안에 나들이를 했어.

오늘은 장안에나 가볼까?

그는 장안에 드나들 때마다 성벽에 있는 황문 밖에 장막을 치고,

벼슬아치들과 함께 술을 마셨는데,
자, 자,
실컷 들자고.

어느 날 동탁은, 자기에게 반란을
일으켰다가 붙잡힌 사람들을
술자리 옆으로 끌고 오게 해,
이 역적!

손발을 자르고 눈알을 뽑고
혀를 베고, 큰 가마솥에 처넣어
삶기도 했어.
살려
줘!
으아악!
아악!

또 동탁은 궁궐에서 잔치를 열고
높은 벼슬아치들과 술을 마시다가,

가장 높은 대신인 사도 정온을 가리키며 여포에게
소리쳤어.
저놈의 목을
베어라!

모두 크게 놀랐으나 동탁은 아무렇지도 않은 듯 술을 한 잔 들이켜고 말했어.

사도 왕윤은 집에 돌아와서도, 낮에 술자리에서 있었던 끔찍한 일이 생각나, 불안해서 앉아 있을 수 없었어.

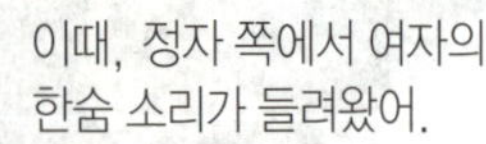

그는 뒤뜰로 나가, 하늘에 뜬 달을 올려다보았어. 가슴이 답답하고 눈물이 났어.

이때, 정자 쪽에서 여자의 한숨 소리가 들려왔어.

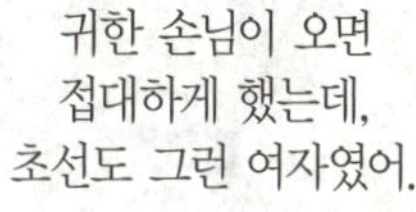

그때 중국에서는,
높은 벼슬아치나 부자들이
예쁜 여자 아이를 사다가
춤과 노래를 가르쳐,

네가 이 밤중에 웬일로 여기에 나와 한숨을 쉬느냐?

……

괜찮으니, 어려운 일이 있으면 숨기지 말고 말해 보아라.

대감님께서 어린 저를 데려다가 잘 길러 주시고 잘 가르쳐 주셔서 오늘의 제가 있게 되었습니다.

대감님의 은혜, 하늘보다 넓고 바다보다 깊은데, 저는 그 은혜를 만분의 일도 갚지 못하여 늘 괴로웠습니다.

그런데 요즈음 대감님께서 늘 얼굴에 근심이 가득하여 걱정되었으나, 무슨 일이 있으신지 여쭈어 보지 못했는데,

오늘은 더욱 불안해하시는 것 같아 한숨이 절로 나왔습니다.
…….
대감님, 제가 해 드릴 수 있는 일이 있으면 말씀해 주십시오.
대감님을 위해서라면 어떤 일이라도 하겠습니다. 죽어도 좋습니다.

초선아, 우리 한나라의 운명이 너에게 달리게 될 줄을 누가 생각이나 했겠느냐?

나를 따라오너라.

왕윤은 초선을 집의 한 방으로 데리고 가더니, 초선을 윗자리에 앉히고 갑자기 큰절을 했어.
어머, 대, 대감님!
왜 이러십니까?

역적 동탁 놈이
권력을 틀어쥐고 설쳐,
황제나 벼슬아치,
온 백성이 언제 죽게 될지
몰라 안절부절못하고,

동탁이 황제의 자리까지
넘보고 있는데도 아무도
어쩌지 못하고 있구나.

그건 동탁에게
무지막지한 양아들
여포가 있기
때문이다.

동탁과 여포 두 사람 모두 여자를 좋아해서, 너를 이용해 '연환계'를 쓰려고 한다.
'연환계'는 '간첩을 적에게 보내 적을 속이게 하여 무찌르는 꾀'라고 할 수 있는데, 세계의 역사를 보면 어디서나 종종 썼다는 것을 알 수 있지.
너를 여포에게 주겠다고 약속하고 동탁에게 준다. 너는 두 사람 사이가 틀어지도록 해서, 여포가 동탁을 죽이게 해야 한다.
이렇게 해서 나라와 백성을 구하게 된다면, 그것은 모두 너의 공이 된다.
네 생각은 어떠하냐?
어서 그렇게 하도록 해 주십시오. 제가 할 일을 알았으니, 목숨을 걸고 해내겠습니다.

다음 날, 왕윤은 보석 구슬을 박은 금관을 몰래 여포에게 보내 주었어.
여포는 고맙다는 인사를 하러 왕윤의 집으로 왔어.
이렇게 훌륭한 금관을 사도께서 내게 보내 주시다니……!
내가 무식하긴 해도 이런 인사 정도는 할 줄 아니까…….
왕윤은 음식과 술을 준비해 놓고 기다리고 있다가, 문 밖까지 나가 여포를 맞아들였어.
어서 오시오, 여포 장군!
장군, 어서 이 윗자리에 앉으시지요.
아, 아닙니다. 저는 한낱 장수일 뿐이고, 사도께서는 조정의 높은 대신이신데,
제가 어찌 감히 윗자리에 앉겠습니까?
지금 천하에 영웅이 있다면 오직 장군 뿐이오!

나는 장군의 벼슬보다 장군의 능력을 존경하오.
감동백배!
찌이이잉!
음식 맛도 좋고 술맛도 좋군요.
많이 드시오, 장군.
여포가 술기운이 오르자, 왕윤은 술시중 드는 여자들에게 지시했어.
너희들은 가서 초선이를 들라 해라.
예.
이윽고, 초선이 방으로 들어왔어.
띠요옹!

이, 이, 황홀하게 예, 예쁜 여자는 누, 누구지요?
내 딸 초선이요.
초선아, 여포 장군께 술 한 잔 따라 올려라.
예.
장군님, 소녀의 잔을 받으십시오.
아, 그, 그래. 고, 고맙다.
장군, 이 아이를 장군께 첩으로 보낼까 하는데 어떻소?
그, 그렇게 해 주신다면 그 은혜를 제가 어찌 잊겠습니까?

그럼 곧 좋은 날을 잡아 초선이를 장군께 보내 드리리다.
고, 고맙습니다, 고맙습니다, 사도 어른!
며칠 뒤, 왕윤은 조정에서 동탁을 만났는데 옆에 여포가 보이지 않자 얼른 공손히 인사했어.
태사님을 제 집 술자리에 한번 모시고 싶은데 어떠신지……?
사도께서 부르시는데 어찌 안 가겠소? 허허허.
영광입니다, 태사님.
드디어 동탁이 왕윤의 집에 왔어.
태사님이 덕이 높으셔서, 모든 백성들이 우러러봅니다. 부디 많이 드십시오.
고맙소. 백성들이 모두 내 덕에 잘산다고 합디다. 허허허!

아, 경치 좋고 소리 좋고 술맛 좋고…….
뚜당 땅 땅 띠딩 딩

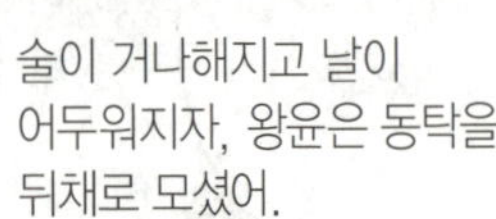

술이 거나해지고 날이 어두워지자, 왕윤은 동탁을 뒤채로 모셨어.

아, 여긴 아주 아늑하고 조용하군.

태사님, 저는 어릴 때부터 하늘의 변화를 공부했는데, 요즈음 밤에 별들을 살펴보니, 한나라의 운이 끝나 가고 있습니다.
그렇…… 다면?

태사님께서 덕이 높으시니, 마땅히 황제 자리를 이으셔야 합니다.
내가?

그것이 바로 하늘과 백성의 뜻입니다.
그, 그래도 내가 어떻게……?

예로부터 '덕이 없는 사람은 덕이 있는 사람에게 자리를 양보한다.'고 했으니,
태사님께서도 자리를 물려받지 못할 게 무엇 있습니까?
그, 그렇긴 하지.
만약 그렇게 된다면 사도께서는 가장 큰 공신이 될 것이오.
이때, 음악이 울리고, 발 너머에서 초선이 춤을 추기 시작했어.
앗, 선, 선녀가 나타났다!
띵 딩
똥 땅

춤 솜씨 참
기가 막히는군!
춤이 끝나자, 동탁이 초선을 가까이 오게 했어.
사도,
이, 이 아이가
누구요?
이 아이가
어렸을 때
제가 데려다
춤과 노래를
가르쳤습니다.
그럼
노래도
잘 부른단
말이오?
왕윤은
초선에게
노래를 부르게
했어.

오, 저 아름다운 목소리, 황홀한 목소리……!

노래가 끝나자, 왕윤은 초선에게 동탁의 잔에 술을 따르게 했어.

네 나이가 몇인고?

열여섯입니다.

예쁘고 춤도 잘 추고 노래도 잘 부르는구나.

소녀, 부끄럽습니다.

이 아이를 태사님께 바치려 하는데, 받아 주시겠습니까?

뚱

정, 정말이오? 그, 그렇게만 해 준다면 그 은혜를 어찌 갚겠소?

왕윤은 곧 초선을 수레에 태워 태사부로 보내고,

동탁을 태사부에까지 배웅했어.
편히 쉬십시오.

왕윤이 집으로 가는데 여포가 쫓아왔어.
여, 여보시오, 사도!

사도는 초선이를 나한테 주기로 약속해 놓고, 왜 태사께 보냈소? 나를 놀리는 거요?
길에서 이럴 게 아니라, 내 집으로 갑시다.

태사께서 초선이를 데려다 장군과 짝을 지어 주겠다고 하시기에 보낸 거요.
아, 그, 그렇게 된 것도 모르고 무례하게 굴어서 죄송합니다, 사도 어른.

이튿날, 여포는 태사부로 갔어. 그런데 동탁이 안 보였어. 여포는 뒤채로 가서 여자들에게 물었어.
태사님께서는 어디 계시는가?
어젯밤 새로 온 여자와 함께 잠자리에 드셨는데, 아직 안 일어나신 것 같네요.
뭐라고?
같이 잠자리에 들었다고? 말도 안 돼!
여포는 여자들의 말을 듣고 눈이 뒤집혀, 동탁의 침실 쪽으로 가서 방 안을 엿보았어.
초선은 그때 이미 일어나 머리를 빗고 있었는데, 방 안을 엿보는 여포를 언뜻 발견하고 얼른 눈물을 닦는 시늉을 했어.

이윽고 동탁이 일어나 바깥방으로 나왔어.
여포, 별일 없느냐?
예!

동탁이 아침 식사를 하기 시작하자, 여포는 안쪽을 힐끗힐끗 훔쳐보았어.

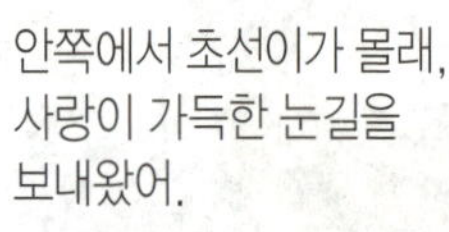

안쪽에서 초선이가 몰래, 사랑이 가득한 눈길을 보내왔어.
윙크!

오오, 초, 초선이!

너, 뭐라고 했느냐?
예? 아, 아무것도 아닙니다.

여포는 풀이 죽어 태사부에서 나왔어.

동탁은 초선에게 빠져, 한 달도 더 초선 곁을 떠나지 않았어.

그러다가 동탁은 병이 났어. 초선은 정성을 다해 간호해서, 동탁의 마음을 사로잡았어.

어느 날, 여포가 병문안을 갔는데,
동탁은 자고 있고, 침상 너머에
초선이 서 있었어.

초선은 여포를 보자 애처로운
눈길을 보내며 눈물을 흘렸어.

그런데 그때 동탁이 눈을 가늘게 떴어.

여포가 보이는데, 여포는 동탁이
누워 있는 침상 너머를, 눈 한 번
깜빡이지 않고 보고 있었어.

뭥

동탁은 몸을 돌려 보았어.
그곳에 초선이 여포를 보며
서 있었어.

이놈,
여포야!
깜짝!
네놈이 감히
내 사랑하는 여자를
넘보다니! 썩 나가지
못할까?
엄마야!
다시는 여기
들어오지 마라,
이노옴!
여포는 잔뜩 골이 나 집으로 돌아가다가 이유를 만났어.
장군, 왜 그렇게
벌레 씹은 얼굴을
하고 계시오?
말도 마시오.
태사께서…….

여포는 사정을 말해 주었어.

미주알 고주알

엉엉

이유는 급히 동탁을 찾아갔어.

태사께서는 천하를 차지하려 하시면서 왜 작은 허물 때문에 여포를 야단치십니까?

여포의 마음이 변하면 모든 계획이 물거품이 됩니다.

그럼 어떻게 해야겠느냐?

내일 여포를 불러, 금과 비단을 내려 주시면서 달래면 별일 없을 것입니다.

다음 날, 동탁은 여포를 불렀어.

내가 어제는 병 때문에 정신이 흐려서 너에게 좀 심한 말을 한 것 같은데, 조금도 언짢게 생각하지 마라.

동탁은 금 10근과 비단 20필을 여포에게 주었어.

이거 뭐,
병 주고 약 주나.

그러나 여포는, 몸은 전과 같이 동탁 곁에 있었지만, 마음은 온통 초선에게 가 있었어.

동탁은 병이 다 낫자, 조정에 들어가 헌제와 나랏일을 의논했어.
나라의 모든 일은 꼭 나에게 물어서 처리하십시오.

동탁을 호위하던 여포는 동탁이 헌제와 이야기하는 틈을 타 태사부로 말을 달려,
따그락 따그락

뒤채로 초선을 찾아갔어.
초선아!

장군님!

오, 여기 있구나!

두 사람은 뒤뜰에 있는 정자 '봉의정'으로 갔어.

왕 사도님께서 저를 장군님께 보낸다 하셔서, 저는 평생 장군님을 모시고 행복하게 살게 되었다고 한없이 기뻐했었어요.

그런데 태사가 저를 가로채 버렸어요.

그, 그랬지!

저는 죽고 싶었지만, 장군님께 이별 인사를 하지 못해, 부끄러움을 무릅쓰고 지금까지 살아왔어요.

다행히 이렇게 장군님을 뵈었지만, 제 몸이 더러워져 모실 수 없으니,
장군님 앞에서 물에 빠져 죽어 저의 마음을 보여 드리겠어요!
앗, 안 돼, 초선아!
됐다. 나는 너의 마음을 벌써부터 알고 있었다.
저는 이 세상에서 장군님을 모시지 못하게 되었으니, 저세상에서는 꼭 모시고 싶어요!
내가 이 세상에서 너를 내 곁으로 데려오지 못하면 영웅이 아니다!
그렇다면 빨리 저를 구해 주세요!

나는 잠깐 몰래 빠져나와 너에게 왔다. 그러니 지금은, 늦으면 늙은 도적놈이 의심할 테니 빨리 가야겠다.
장군님께서 늙은 도적놈을 이렇게 무서워하시니, 저는 행복한 날을 맞기가 어렵겠네요.
내가 좋은 방법을 생각해 보겠으니 시간을 좀 다오.
저는 장군님을 이 시대의 최고 영웅이라 생각했어요.
이렇게 남의 손에 꽉 잡혀 꼼짝도 못하시리라고는 생각하지 못했어요.
여포는 화극을 다시 난간에 기대 놓고 초선을 끌어안았어.
오, 초선아!
와락

동탁은 봉의정에서 부둥켜안고 있는 여포와 초선을 발견했어.

동탁은 봉의정 난간에 기대 놓은 여포의 화극을 집어 던졌어.

동탁은 뒤뜰 문 밖으로 쫓아가다가, 앞쪽에서 급히 달려오는 남자와 부딪쳤어.

9. 동탁의 배꼽과 이각곽사의 난

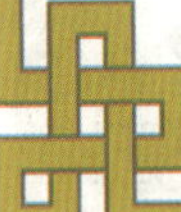

동탁은 이유를 데리고 안으로 들어갔어.

그놈이 감히 내가 귀여워하는 초선이를 넘보았느니라. 내 그놈을 잡아 당장 죽여 버려야겠다!
안 됩니다, 태사님. 그러시면 안 됩니다.
이유는 옛날 초나라 장왕 이야기를 들려 주었어.
장왕이 어느 날 밤 벼슬아치들을 모아 잔치를 하는데,
갑자기 바람이 불어 촛불이 모두 꺼졌습니다.
그런데 어둠 속에서 누군가가 장왕이 사랑하는 첩을 와락 껴안았습니다.
꺅!

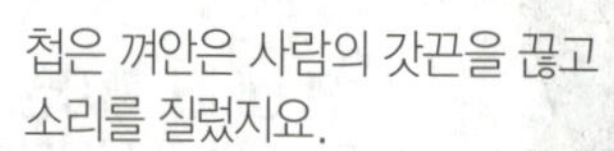

첩은 껴안은 사람의 갓끈을 끊고
소리를 질렀지요.

전하, 빨리 불을
켜게 하셔서 갓끈이
끊어진 사람을
잡으십시오.

그가 어두운 틈에
제 몸을
껴안았습니다!

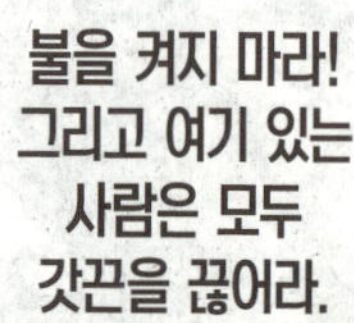

불을 켜지 마라!
그리고 여기 있는
사람은 모두
갓끈을 끊어라.

다시 불을 켰을 때, 사람들의 갓끈이 모두 끊어져 있어,
누가 왕의 첩을 껴안았는지 알 수 없었습니다.

뒷날 장왕은 진나라 군사와 싸우다가
위기에 빠졌는데,

장수 장웅이 죽기로 싸워 장왕을 구했습니다.

장웅이 바로
어둠 속에서 장왕의 첩을
껴안은 사람이었는데,

그는 자신의
죄를 감추어 준
장왕의 은혜를
잊지 않고,

죽음을 무릅쓰고
장왕을 위기에서
구한 것입니다.

으음…….

초선이는 한 여자에 지나지 않습니다.
그러나 여포는 태사님의 큰일을 도울 용맹스러운 장수입니다.
초선이를 여포에게 주어 버리십시오.
그러면 여포는 목숨을 바쳐 태사님을 모실 것입니다.
으음……, 좀 생각해 보겠네.

이유가 물러가자, 동탁은 초선에게 갔어.

너는 왜 여포와
몰래 만나 껴안고
있었느냐?

제가 뒤뜰에서
예쁜 꽃들을
보고 있는데 여포가
뛰어왔어요.

제가 깜짝 놀라
몸을 피하자,
여포는 "나는
태사님의 아들이니
피하지 않아도
된다."고 하면서,

봉의정까지
쫓아왔어요.

저는 여포가
저를 해칠 것 같아,
차라리 연못에
몸을 던져 죽어
버리려고 했어요.

그런데 제가 연못에 뛰어들지 못하게 여포가 저를 꽉 껴안았어요.

마침 그때 태사님께서 오셔서 저를 구해 주신 거예요.

초선아, 내 말 잘 들어라.

내가 너를 여포에게 줄까 하는데 어떻겠느냐?
예? 뭐, 뭐라고 하셨습니까?

너를 여포에게 주려 한다고 했다.

저는 이미 태사님을 섬기고 있는데, 갑자기 멧돼지 같은 종놈에게 주려 하신다고요?
그렇다면 저는 차라리 죽겠습니다!
초선은 벽에 걸려 있는 칼을 내려 칼집에서 뽑아 자기의 목을 찌르려고 했어.
동탁은 크게 놀라, 급히 칼을 빼앗아 던져 버리고 초선을 껴안았어.
알았다, 알았어! 그냥 한번 해 본 소리다!
흑흑!

이것은 틀림없이 이유가 꾀를 내서 꾸민 일일 거예요.
그는 여포와 친해서, 태사님의 체면이나 저의 목숨 따위는 아랑곳하지도 않아요.
저는 그를 죽이고 싶어요!
초선아, 걱정하지 마라. 내가 어찌 너를 버리겠느냐?
태사님께서 저를 보살펴 주신다 해도 여기는 무서워요. 꼭 여포가 저를 죽일 것만 같아요.
내일 너를 미오로 데리고 가서 즐겁게 살겠다. 그러니 아무 걱정 마라.

다음 날, 이유가 다시 동탁을 찾아왔어.

오늘은 운이 좋은 날이니, 초선이를 여포에게 보내시지요.

혈연으로 맺어진 사이는 아니지만, 어쨌든 나와 여포는 아버지와 아들이다.

그러니 내가 어떻게 초선이를 여포에게 줄 수 있겠느냐?

여포의 잘못을 더 이상 따지지 않을 테니, 내 뜻을 여포에게 전하고, 그를 잘 달래 주어라.

태사님, 여자 때문에 큰일을 그르치시면 안 됩니다!
너는 너의 여자를 다른 남자한테 줄 수 있겠느냐?

초선이 이야기는 더 하지 마라! 더 하면 목을 베겠다!

아아, 인제 모두 여자의 손에 죽게 되겠구나.

동탁은 그날로 초선을 데리고 미오로 출발했어.
모든 벼슬아치들이 동탁을 배웅했어.
초선은 수레 속에서 밖을 둘러보다가 여포와 눈이 마주쳤어.
초선은 얼른 손으로 얼굴을 가리고 우는 체했어.
저 모습을 보니 억장이 무너지는 것 같네!

그러나저러나
초선이가 멀리
가 버리는구나!

장군은
왜 태사를
따라가지 않고
여기 계시오?

아,
왕 사도님.

나는 요즘 병이 나서
집에 있느라 장군을
만나 뵐 수가 없었소.

오늘 태사께서
미오로 가신다기에
겨우 나왔는데
장군을
만났구려.

그런데 장군은 왜 여기서 한숨을 쉬고 계시오?

후유, 사도님의 따님 때문입니다.

태사가 아직도 초선이를 장군께 보내 주지 않았소?

그 늙은 놈이 끌어안고 내놓지 않습니다!

태사가 그렇게 짐승 같은 짓을 하다니…….

짐승보다 더하지요!

내 집으로 가서 자세히 이야기합시다.

왕윤은 여포를 자기 집 밀실로 데리고 가 술을 대접했어.

여포는 그동안 있었던 일을 모두 왕윤에게 이야기했어. 왕윤은 얼굴을 붉혔어.

태사가 내 딸이자 장군의 아내인 초선이를 빼앗았으니, 세상 사람들은 나와 장군을 바보라고 우습게 생각할 것이오.
나야 늙었으니 괜찮지만, 장군은 지금 첫째가는 영웅인데 웃음거리가 되다니…….
내가 꼭 그 늙은 놈을 죽여 부끄러움을 씻겠습니다!
쉿! 누가 들을까 두렵소!
사내대장부가 어찌 언제까지나 남의 아래에 눌려 지낸단 말입니까!
장군처럼 재주 있는 장수가 태사에게 눌려 지내면 안 되지요.
벌써부터 그 늙은 놈을 죽이고 싶었는데,

장군은 성이 '여'이고, 태사는 성이 '동'이오.
그와 나는 어쨌든 아버지와 아들 사이이니, 세상 사람들의 눈이 조심스러워 죽이지 못하고 있었습니다.
그리고 태사가 장군에게 화극을 던진 것은,
아버지로서의 정이 없다는 증거가 아니오?
정말 그렇네!
왕윤은 여포가 동탁을 죽이기로 마음을 굳혔다고 생각하고 할 말을 다 했어.
사도께서 말씀해 주지 않으셨으면 제가 잘못 생각할 뻔했습니다.
장군이 한나라의 황실을 받들면 충신으로서 이름이 역사에 길이길이 남고,

장군이 동탁을 도우면 역적으로서 이름이 역사에 길이길이 남게 될 것이오.
저는 마음을 굳혔으니 의심하지 마십시오.
인제 한나라의 운명은 장군에게 달려 있소.
절대로 비밀이 새어 나가지 않도록 주의하시오. 내가 계획을 다 세우면 알려 드리겠소.
알았습니다.
왕윤은 곧 궁궐에서 벼슬을 하고 있는 사손서와 황완을 불러 의논했어. 사손서가 나섰어.
말 잘하는 사람을 골라 동탁이 있는 미오로 보내지요.

황제께서 의논할 일이 있어 부르신다고 하여, 동탁을 궁궐로 불러들이는 겁니다.
그리고 여포에게 비밀 조서를 내려, 군사들을 거느리고 궁궐 문 안에 숨어 있다가, 동탁이 오면 죽이라고 하면 될 것입니다.
동탁에게는 누구를 보내면 좋을까요?
여포와 한고향 사람인 이숙이 좋겠습니다.
그가 가면 동탁이 의심하지 않을 것입니다.
그럼 그렇게 합시다.

왕윤은 곧 여포를 오게 하여 의견을 물었는데, 여포도 선뜻 찬성했어.
옛날 나를 찾아와 정원을 죽이라고 했던 사람이 이숙입니다.
그가 가지 않겠다고 하면 그의 목을 치겠습니다.
왕윤은 사람을 보내, 이숙을 몰래 오게 했어.
오시래요.
나를?
이숙을 보자 여포가 나섰어.
형은 옛날 나를 꾀어, 정원을 죽이고 동탁에게 오게 했소.

그런데 지금 동탁은 황제를 속이고 백성들을 괴롭혀 사람들이 모두 그를 미워하고 있소!

그러니 이제 형이 미오로 가서 황제의 조서를 전해, 동탁을 궁궐로 오게 하시오.

나는 군사들을 숨겨 두었다가 동탁을 죽이겠소!

이렇게 해서 우리 함께 나라를 바로잡아 충신이 되고자 하는데, 형의 생각은 어떠시오?
나도 오래전부터 동탁 놈을 없애려 했는데, 뜻을 같이할 사람을 찾지 못해 안타까웠네.

고맙소, 형!
자네의 뜻이 그렇다고 하니, 하늘이 내린 기회네. 내가 미오에 가겠네!

이숙이 찾아가자, 동탁이 대뜸 물었어.
폐하께서 왜 나를 부르시는가?
태사께 황제 자리를 물려주실 일을 의논 하시려고 부르시는 것 같습니다.

사도 왕윤은 어떻게 생각하고 있는가?
왕 사도는 벌써 황제 자리를 주고받는 행사를 치를 수선대를 짓게 하고,

태사께서 오시기를 기다리고 있습니다.
오, 그래? 어젯밤에 용 한 마리가 내 몸을 감는 꿈을 꾸었는데, 오늘 좋은 소식을 들으려고 그랬나 보구나.

동탁은 심복 장수 이각, 곽사, 장제, 번조 네 사람에게 미오를 지키게 하고 장안으로 출발했어.

이윽고 동탁은 궁궐에 이르렀어.

군사들은 밖에서 기다려야 합니다. 수레와 호위 군사 20명만 지나갈 수 있습니다.
알았다. 문을 열어라.

문을 지나 들어가자, 앞쪽에 왕윤을 비롯한 대신들이 칼을 들고 서 있었어.
왜 모두들 칼을 들고 있지?
이숙은 대답하지 않고, 수레를 밀고 앞으로 나아갔어.

역적이 왔다!
모두 나와 쳐라!
죽여라!
역적을 박살 내라!
없애라!
베어라!
동탁은 관복 속에 갑옷을 입고 있어서,
칼과 창이 갑옷을 뚫지 못했어.

내 아들 여포는
어디 있느냐?

여기 있다!
조서를 받들어
역적을 친다!

여, 여포,
네, 네가……!

동탁을 도와 온갖 나쁜 짓을 한
이유도 목이 잘렸어.

동탁의 시체를 거리에 내팽개쳐
백성들이 모두 볼 수 있게 했는데,

역적 놈,
꼴좋다!

뎅겅!

시체를 지키는 병사가 동탁의 배꼽에 심지를 박고 불을 붙이자, 동탁의 몸에 있는 비계가 녹아,
치
치
치

기름이 흘러 길을 흥건히 적셨어.
백성들을 쥐어짜 빼앗아 먹은 기름이야.

사람들이 몰려와 동탁의 시체를 막대기로 때리고 발로 짓밟았어.
이 나쁜 놈!
한 번 더 죽어라!

왕윤은 여포에게, 이숙·황보숭과 함께 군사 5만을 이끌고 미오로 가서 동탁의 재산을 빼앗고, 가족과 부하들을 붙잡게 했어.
가자, 미오성으로!

미오를 지키던 이각·곽사·장제·번조는 여포가 온다는 소식을 듣고,
서둘러 군사를 이끌고 서쪽에 있는 양주로 달아났어.
빨리빨리!
여포에게 잡히면
박살 난다.

여포는 미오에 이르자
초선부터 차지했어.
초선아!
미련한
멧돼지!

황보숭은 동탁의 가족과
친척들을 다 죽이고,

창고에 쌓여 있는 엄청난 금은보화,
비단 따위를 모두 거두어들였어.

한편, 양주로 달아난 이각 등 네 사람은
조정에 사자를 보내, 자기들을 용서해
달라고 표문을 올렸어. 왕윤이 그 표문을
읽어 보았어.

안 되다! 용서할 수 없다. 동탁이 그토록 멋대로 설친 것은, 이 네 사람이 동탁을 도와주고 부추겼기 때문이다.
온 나라에 죄를 용서하는 대사면령을 내렸지만, 이들만은 절대로 용서할 수 없다!
사자는 이각에게 돌아가, 왕윤의 말을 그대로 전했어.
절대로 용서할 수 없다니, 죽지 않으려면 저마다 달아나는 수밖에 없겠군.
참모 가후가 나섰어.
여러분이 군사를 버리고 따로따로 흩어진다면,
아무리 작은 벼슬을 하는 힘없는 사람이라도 여러분을 모두 잡을 수 있습니다.
차라리 이곳 양주 사람들을 꾀어 모아, 지금 있는 군사들과 합쳐 이끌고 장안으로 쳐들어가,

동탁 태사의 원수를 갚읍시다. 성공하면 황제를 받들어 천하를 휘어잡고,
성공하지 못하면 그때 달아나도 됩니다.

그것 참 좋은 생각이오. 그렇게 합시다.
그들은 양주 사람들을 거짓말로 부추겼어.
왕윤이 우리 양주 사람들을 모조리 죽이려 한다!
이대로 가만히 앉아 죽을 수는 없다. 모두 힘을 합쳐 장안으로 쳐들어가 왕윤을 죽이자!

10만 명이 넘는 남자들이 모여들었어. 이각은 곽사, 장제, 번조와 함께 10만의 군사를 이끌고 장안으로 향했어.

'궁지에 몰린 쥐가 고양이를 문다'는 속담이 생각나는 사건이었지.

이각은 길을 가다가 군사 5천을 거느리고 가는 동탁의 사위 우보를 만났어.

우보, 어디로 가는가?

장인인 태사님의 원수를 갚으러 장안으로 갑니다.

우리도 태사님의 원수를 갚으러 장안으로 가고 있네.

그럼 함께 가면 되겠군요.

자네가 앞장서게.

이각은 우보를 앞세우고 다시 장안으로 향했어.

왕윤은 이각의 양주 군사가 쳐들어온다는 소식을 듣고 여포를 불렀어.

장군, 어떻게 하면 좋겠소?

여포는 이숙과 함께 군사들을 거느리고 싸우러 나갔어.

이숙은 우보와 마주쳐 첫 싸움을 벌였어.

우보가 힘이 달려 달아나기 시작했어.

이숙은 군사를 몰아, 우보의 군사를 크게 무찔렀어.

그런데 그날 밤, 이숙이 경계를 소홀히 한 틈에 우보가 이숙의 진영을 습격해서 크게 이겼어.

쳐라!
우와아!

이숙이 크게 지고 돌아오자, 여포가 불같이 화를 냈어.

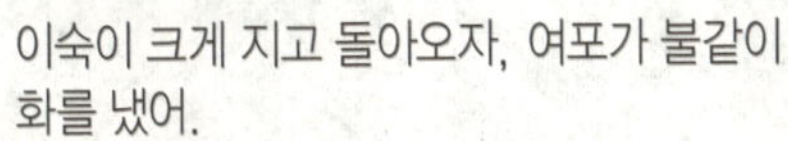

너는 어찌 첫 싸움에 져서, 우리 군사의 기를 꺾어 버리느냐?

여포는 이숙의 머리를 베어 진영에 높이 매달게 했어.

여포 장군 너무한 거 아냐?
그래, 맞아.

군사들의 마음이 여포에게서 멀어졌어.

잔인해.
끔찍해!

다음 날, 여포가 우보와 부딪쳤어.

웬 애송이냐?

우보는 여포의 상대가 되지 못했어.
달아나자!
우보 살려!
서라, 이놈!

진영에 있는 금덩어리랑 구슬 등
보물을 훔쳐 가지고 달아나는 게
좋을 것 같은데…….
그게
좋겠습니다.

그날 밤, 우보는
심복인 호적아를
불렀어.

여포는 워낙 세서,
그와 싸울 수가 없다.
싸우다 죽을 바에야
차라리,

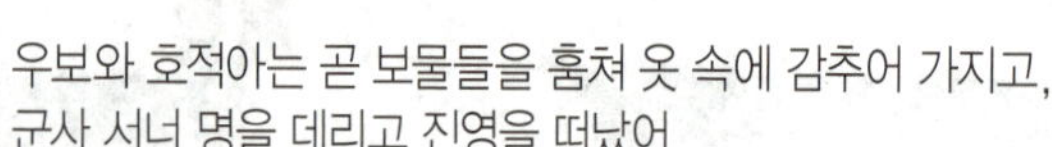

우보와 호적아는 곧 보물들을 훔쳐 옷 속에 감추어 가지고,
군사 서너 명을 데리고 진영을 떠났어.

튀자!

달아나다가 호적아는 보물을 혼자 다 차지하려고 우보를 죽였어.
호적아는 우보의 머리를 베어 들고, 군사들과 함께 여포를 찾아갔어.
나눠 갖기에는 보물이 너무 적거든!
우보가 진영을 버리고 달아나기에 머리를 베어 왔습니다.
아닙니다! 호적아가 보물을 혼자 차지하려고 우보를 죽였습니다.
이 나쁜 놈!
너 같은 놈은 빨리 없애 버려야 해!
죽어 싸지, 싸!

여포는 군사를 이끌고 나아가다가, 이각의 군사와 마주쳤어.

여포는 이각이 진을 치기도 전에 몰아쳤어.

이각은 크게 지고 달아나, 산 아래에 진을 쳤어.

이각은 곽사, 장제, 번조를 불러 의논했어.

곽사 장군은
여포의 뒤쪽을 치시오!

내일부터 내가
날마다 여포를
골짜기 어귀로 꾀어내
싸울 테니,

거꾸로요?

그런데 징소리를 울리며
공격하고, 북소리를 내며
군사를 물리시오.

그리고 장제 장군과
번조 장군은 군사를
두 무리로 나누어
장안을 치시오.

맞아요.
그랬어요.

전에 유비가
황건적과
싸울 때도
그 속임수를 써서
이겼잖아요?

여포는 군사를 이끌고, 이각이 있는 산비탈의 아래로 갔어.

이각이 산비탈에서 군사를 이끌고 내려와 싸움을 걸었어.

여포가 공격하자, 이각은 재빨리 산 위로 물러갔어.

이각의 군사들은 산 위에서 돌을 던지고 활을 쏘아 댔어.
여포의 군사는 더 이상 쫓아갈 수 없었어.
훵!
이크!
으악!
이 쥐새끼 같은 놈들!
이때, 곽사가 여포 군의 뒤를 공격했어.
와아앗!
뒤다! 뒤의 적을 쳐라!
그런데 갑자기 북소리가 울리면서 곽사의 군사들이 썰물처럼 물러갔어.
둥 둥 둥!
어? 어떻게 된 거야? 북을 치면서 물러가다니?

우리가 소리를 잘못 들었나?
뭔가 잘못된 거 아냐?
어리둥절하네.
여포는 군사를 물리려 했어. 그런데 이번에는 징소리가 울리며 이각의 군사들이 몰려왔어.
여포가 이각의 군사를 치려고 하자, 방금 물러갔던 곽사의 군사가 또 뒤쪽을 공격했어.
지잉 지잉
와아
와앙
쳐라!
여포의 군사들이 또 몸을 돌려 곽사의 군사와 싸우려 했어. 그런데 또 북소리가 나며 곽사의 군사가 물러갔어.
뭐가 이래? 정말 미치겠군!
둥둥둥!

야, 이놈들아!
이거 싸움을 하는 거냐,
장난을 하는 거냐?
이런 일이
며칠 동안
되풀이되었어.
이히힝
둥둥
둥둥
징징
힝
싸우려 해도
싸울 수 없고,
싸움을
그만두려 해도
그만둘 수가
없구나.
아아,
어떻게 하지?
휘유우
장군!
……?

적의 장수 장제와 번조가 장안을 포위하고 공격합니다! 장안이 위험합니다!
뭐라고?
여포는 급히 군사를 돌려, 장안을 향해 달렸어.
빨리빨리!
그런데 이각의 군사들과 곽사의 군사들이 쫓아와 여포의 군사들을 쳤어.
죽여라!
으악!
악!
여포는 많은 군사를 잃고 장안에 이르러, 장안성을 포위한 적들과 성벽 아래에서 싸움을 벌였어.
와아아!
우와아!

며칠 뒤, 성안에 있는 동탁의 무리 이몽과 왕방이 이각과 짜고 성문을 열어,
이각의 군사들이 성안으로 쳐들어갔어.

빨리 말에 오르십시오. 일단 몸을 피한 뒤, 좋은 방법을 생각해 보는 것이 좋겠습니다.
나라를 안전하고 평화롭게 하는 것이 바로 내가 할 일이오.
그렇게 하지 못한다면 차라리 죽겠소.
나라가 위태롭게 되었는데, 나만 살자고 몸을 피하기는 싫소.
여포가 거듭 말했지만, 왕윤은 고집을 꺾지 않았어.
성격이 대쪽 같았네요.
마침내 성문들이 불타기 시작했어. 여포는 가족을 성안에 내버려 두고 달아났어.
궁궐 안으로 들어간 이각의 군사들은 벼슬아치들을 마구 죽였어.
너희들이 우리를 다 죽이려 했지?
잠시 원술에게 가 있자.
으악!
악!

이때, 헌제가 왕윤 등 대신들을 거느리고 나타났어.

이각은 군사들을 진정시켰어.
폐하께서 나오셨다!

황제 폐하 만세!

그대들은 함부로 궁궐에 쳐들어와서 어쩌자는 것이오?

동탁 태사는 폐하를 지킨 신하인데, 왕윤이 아무 까닭도 없이 죽였습니다.
저희들은 태사의 원수를 갚으러 왔을 뿐, 폐하께 반역하지는 않았습니다.

왕윤을 내주기만 하시면 바로 군사를 물리겠습니다!
저는 나라를 위해 동탁을 죽였습니다.
그런데 일이 이렇게 되어 버렸습니다. 폐하께서는 저를 살리시려고 나라가 잘못되게 하시면 안 됩니다.
제가 내려가 이각을 만나겠으니, 허락해 주십시오.
갑자기, 왕윤이 아래로 뛰어내렸어.
지금 왕윤이 가면 죽는다. 어떻게 하지?
자, 왕윤이 간다!

이놈! 동 태사를 무슨 죄가 있다고 죽였느냐?
역적 동탁 놈의 죄가 너무도 크고 많아, 하늘과 땅에 가득 찼었다!

그가 죽었을 때 온 나라의 백성들이 기뻐한 것을 너희들은 모른단 말이냐?

태사께 죄가 있다면서 왜 우리까지 용서하지 않고 죽이려 했느냐?
역적이 무슨 말을 하느냐? 잔말 말고 어서 죽여라!

그래, 죽어라!
소원대로 죽여 주겠다!
으윽!
왕윤은 성격이 아주 깐깐한 최고 대신으로서,
황실과 나라를 위해 목숨을 걸고 충성을 다했는데,
그 대쪽 같은 성격 때문에 죄를 용서하지 않고
적을 너그럽게 받아들이지 않아 목숨을 잃었지.
목숨을 잃었을 뿐만 아니라, 나라에 엄청난 불행을 불러오고……

'막다른 골목에 든 강아지가 호랑이를 문다.'
왕
왕
콩
그리고 '막다른 골목에서 돌아선 개는 범보다 무섭다.'라는 속담이 있는데,
으르르릉
으윽!
왕윤은 강아지에게 물린 호랑이 꼴이 된 것 같네요.
어? 누나가 어른같이 말하네?
허허허, 우리 준미가 좋은 말을 하는구나. 아주 어른스러워졌어.
살아가는 데 좋은 교훈을 주는 이야기지.

왕윤을 죽인 이각은 곽사, 번조, 장제와 의논했어.
내 이야기를 잘 들어 보시오!
어쨌든 일이 이렇게 되었으니,
쫙
황제까지 죽여 버리고 우리가 나라를 차지하는 것이 어떻겠소?
그거 좋지요!
좌 악
지금 당장 죽여 버립시다!

10. 조조와 도겸

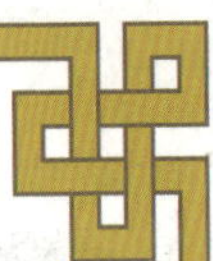

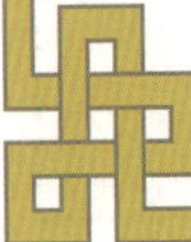

번조와 장제가 입을 모았어.
안 되오! 지금 황제를 죽이면 사람들이 우리에게 대들지도 모르오.
일단 황제를 모시면서 제후들을 불러들여, 황제의 날개를 자르듯 그들을 죽인 뒤에
황제를 없애야 합니다.
그래요.
좋은 생각이오.
그렇게 합시다.
왕윤을 죽이고도 왜 그대들은 군사를 물리지 않는가?
저희들은 황실과 나라를 위해서 목숨을 걸고 일어나 큰 공을 세웠는데,
아무런 벼슬도 받지 못했습니다.

헌제는 그들의 요구를 물리칠 수가 없어,
후유우!

그래, 그대들은 어떤 벼슬을 원하는가?
그들이 적어 올린 대로 높은 벼슬을 내렸어.
여기, 저희가 원하는 벼슬을 적었습니다. 꼭 그 벼슬을 내려 주십시오.

헌제가 내린 벼슬은 다음과 같았어.
〈이각〉 거기장군
〈곽사〉 후장군
〈번조〉 우장군
〈장제〉 표기장군

그 밖에 이몽, 왕방 등에게도 벼슬을 내렸어.
그제야 이각은 군사를 성 밖으로 물렸어.

이각과 곽사는 권력을 쥐자, 심복을 헌제 곁에 두고, 헌제가 하는 일을 모두 감시하게 했어.

헌제는 몹시 불안했어.

폐하, 양주 태수 마등과 병주 자사 한수가 10만 군사를 이끌고, 역적들을 치려고 장안으로 오고 있습니다.

마등과 한수는 장안으로 출발하기에 앞서 미리 궁궐에 있는 마우, 충소, 유범 세 사람과 몰래 연락해,

서로 힘을 합쳐 이각 무리를 무찌르기로 했어.

세 사람이 이러한 사실을 몰래 헌제에게 아뢰자, 헌제는 비밀 조서를 내려, 마등을 정서장군, 한수를 진서장군으로 임명했어.

모두 힘을 합쳐 역적을 무찌르도록 하시오!

이각 등은 마등과 한수가 군사를 이끌고 온다는 보고를 받고 회의를 열었는데, 참모 가후가 먼저 나섰어.
적들은 먼 곳에서 왔으니, 진지를 튼튼히 하고 굳게 지키면,
100일도 되기 전에 군량이 떨어져 물러가지 않을 수 없을 것입니다.
그때 그들의 뒤를 치면, 마등과 한수를 사로잡을 수 있을 것입니다.
그것은 좋은 생각이 아닙니다. 이 이몽에게 좋은 생각이 있습니다.
저와 왕방에게 군사 1만을 주시면, 바로 마등과 한수의 머리를 베어 바치겠습니다.
뭐라고요? 우리가 지면 내 머리를 내놓겠소. 대신, 우리가 이기면 그대도 머리를 내놓으시오!
이 가후의 말을 잘 들으시오. 지금 나아가 싸우면 틀림없이 질 것이오.
이각 장군님, 장안에서 서쪽으로 2백 리쯤 되는 곳에 험한 주질산이 있습니다.

이각은 가후가 말한 대로 이몽과 왕방에게 1만 5천의 군사를 주었어. 두 사람은 즉시 군사를 이끌고 서쪽 280리 되는 곳으로 가서 진영을 세웠어.

두 사람이 장제와 번조가 가서 지킬 주질산보다 서쪽으로 80리 더 먼 곳에 진영을 세운 까닭은,

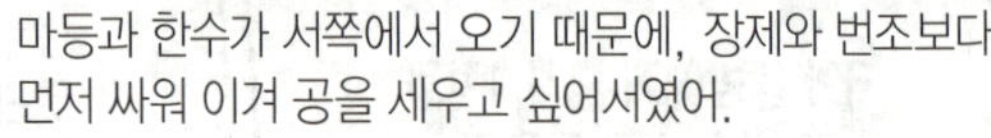
마등과 한수가 서쪽에서 오기 때문에, 장제와 번조보다 먼저 싸워 이겨 공을 세우고 싶어서였어.

마침내,
마등·한수의
군사가 와서
이몽·왕방의
군사와 맞섰어.

마등이 크게 소리쳤어.
누가 저 역적 놈들을 사로잡아 오겠느냐?
마초가 나갑니다!
마초는 마등의 아들인데, 얼굴이 옥같이 희고, 두 눈이 별처럼 빛나고, 호랑이 몸에 긴 원숭이 팔, 표범의 배에 이리의 허리를 가진 열일곱 살 소년 장수였어.
어린놈이 이 왕방을 몰라보고…….
으악!
얏!
마초는 눈 깜짝할 사이에 왕방을 해치우고, 이어 덤비는 이몽을 긴 팔을 뻗어 낚아챘어.
이놈!
얏!
389

두 장수를 모두 잃은 이몽·왕방의 군사는 겁을 먹고 달아나기 시작했어.
마등·한수의 군사들은 그들을 쫓아가 쳐서 크게 이겼어.

와아아!

이각 장군님,
이몽·왕방 장군이
모두 마초의 손에
죽었습니다!
으음, 가후가
앞을 내다보는
밝은 눈이 있군.

그래서 이각은 가후의 말대로
진지를 지키기만 하고
조요~옹!

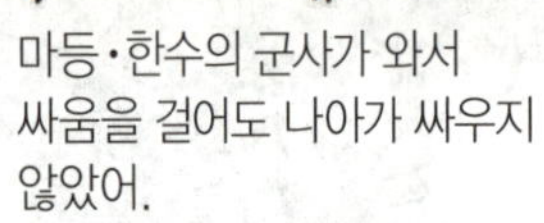

마등·한수의 군사가 와서
싸움을 걸어도 나아가 싸우지
않았어.

안 나올
거야?
……

두 달이 되어 가자, 마등과 한수는
걱정이 되었어.
군량이
달랑달랑해.
군사를 돌려
물러가야 하지
않을까요?

이즈음, 궁궐의 벼슬아치 마우의 집 종 하나가 이각의 무리를 찾아가 고자질했어.
제 주인 마우와 충소, 유범 세 사람이 마등·한수와 손을 잡고 난리를 일으키려 합니다.
이각과 곽사는 세 사람을 잡아 죽였어.
이 고얀 놈들!
마등과 한수는 실망했어.
마우·충소·유범이 우리와 짠 일이 들통 나 잡혀 죽었다 합니다.
군량이 떨어져 가는 때에 일이 어렵게 되었군요. 군사를 물려야겠습니다.
마등과 한수는 각각 자기의 군사들을 이끌고 두 갈래로 물러가기 시작했어.
이각이 소리쳤어.
장제 장군은 마등을 쫓아가고, 번조 장군은 한수를 쫓아가시오!
예!
빨리빨리!

마등의 군사는 장제 군사의 공격을 받고 크게 무너졌어.
그러나 마초가 뒤에서 죽기로 싸워 겨우 장제의 군사를 물리쳤어.
한편, 번조의 군사는 한수의 군사를 진창현 근처에서 따라잡았어.
반역자들아, 서라!
한수가 번조에게 다가갔어.
번조, 그대와 나는 한고향 사람인데, 왜 이렇게 모질게 쫓아오시오?
위에서 명령을 내리니 어쩌겠소.
나도 나라를 위해 먼 곳까지 왔소. 그런데 그대가 쫓아와 나를 죽이려 해서야 되겠소?
번조는 한수가 달아나게 내버려 두었어.
잘 가시오.

그런데 이각의 조카 이별이 이 사실을 이각에게 일러바쳤어. 이각은 크게 화를 냈어.
당장 번조의 목을 베어라!

이 무렵, 청주에서 또 황건적 수십만 명이 일어나 백성들을 죽이고 재물을 빼앗았어.

죽여라!
빼앗아라!
쓸어 버려!
살려 줘!
달아나자!

이각은 연주 동군 태수로 있는 조조에게 조서를 보내, 황건적들을 치라고 했어.
드디어 이 조조에게 기회가 왔구나.

조조는 군사를 이끌고 가서, 연주로 쳐들어온 황건적을 쳤어.
도적들을 모조리 박살 내라!
으아악!
앗, 살려 줘!

조조는 100일쯤 걸려 황건적을 모조리 무찔렀는데, 항복한 황건적이 30만 명이나 되었어.

조조는 그 가운데서 날래고 용맹스러운 사람들을 뽑아 '청주병'이라 했어.

항복이오~!

나머지는 고향으로!

이때부터 조조는 이름을 더 크게 떨쳤어. 조정에서는 그에게 '진동장군' 벼슬을 내렸어.

연주를 차지한 조조는 똑똑하고 재주 있는 사람, 학식이나 능력이 뛰어난 사람을 널리 구했어.

내 꿈을 이루려면 뛰어난 인재가 많이 있어야 해!

유주
병주
기주
청주
북해
연주
낭야
진류
낙양
장안
사주
예주
서주
형주
양주
강동

순욱
원소를 섬기다가, 그가 능력이 모자라고 마음이 좁다고 생각해, 조카 순유를 데리고 조조를 찾아왔어.
조조는 순욱과 이야기를 나누고 나서 아주 만족스러워했어.
이 사람은 바로 나의 '자방'이야!
'자방'은, 유방이 항우를 무찌르고 천하를 다시 통일하여 한나라를 세울 때 크게 공을 세운 '장량'의 자였어.
자방은 그때까지의 중국 역사에서 가장 유능한 참모로 꼽혔지.
순유
황제를 가까이에서 모시는 벼슬을 하여 이미 이름이 나 있었는데, 벼슬을 버리고 고향에 가 있다가 작은아버지 순욱과 함께 조조를 찾아왔어.

순욱이 조조에게 다가가서 말했어.

이곳 연주에 아주 현명한 분이 계시다던데, 어디에 계신지 모르겠습니다.

그 사람이 누구요?

정욱이라고 합니다.

나도 그의 이름을 오래전에 들었소.

정욱

조조는 정욱을 찾게 했는데, 정욱은 산속에서 책을 읽고 있었어.

조조는 예의를 갖추어 정욱을 모셔왔어.

와 주셔서 기쁘오.

저도 기쁩니다.

정욱이 순욱에게 말했어.

공과 한고향인 곽가라는 아주 현명한 사람이 있는데, 왜 그는 부르지 않습니까?

아, 내가 그를 깜빡 잊고 있었군요.

곽가

순욱은 바로 조조에게 말하고, 곽가를 초청해서 함께 일을 의논했어. 조조는 곽가를 보고 기뻐했어.

그대는 반드시 나를 도와서 큰일을 이룰 사람이오.

조 장군님은 참으로 제가 모실 주인이십니다.

유엽

조조는 곽가가 추천한 유엽을 청해 왔어. 유엽은 만총, 여건, 두 사람을 추천했고, 조조는 그들도 불러왔어.

만총

여건

모개

만총과 여건은 또 시골에 숨어 살고 있는 모개를 오게 했어.

우금

장수 우금이 군사 수백 명을 이끌고 조조를 찾아왔어. 그는 활을 잘 쏘고 말을 잘 탔어.

어느 날 하후돈이, 몸집이 엄청나게 큰 사나이를 조조에게 데려왔어.
전위
전위라고 하는데, 힘이 엄청나게 셉니다. 진류 태수 장막의 아래에 있었는데, 장막의 부하들과 사이가 나빠 싸우다가
수십 명을 맨주먹으로 때려죽이고 산속으로 달아나 숨어 있었다고 합니다.
제가 산으로 사냥하러 갔다가 이 사람이 호랑이를 쫓아 시내를 펄쩍 뛰어 건너는 것을 보고 데려왔습니다.
음, 힘이 셀 뿐 아니라 아주 용맹스러울 것 같군.
그대의 재주를 한번 보여 주시오.
그가 쓰는 철극 두 자루는 무게가 합쳐서 80근이나 되는데, 그 무거운 것을 들고 말에 올라 나는 듯이 달리며 휘두릅니다.
전위는 극 두 자루를 양쪽 겨드랑이에 하나씩 끼고 쏜살같이 말을 몰았어.
이랴!

이때 갑자기 바람이 일어, 막사 앞에 세워 놓은 커다란 깃대가 넘어지려고 했어.
깃대가 쓰러진다!
모두 함께 붙잡아 세워라!

좀 더 힘을 내!
아, 나까지 쓰러지겠다!
사람이 더 와야겠어!

모두 비켜라!

전위는 한 손으로 깃대를 똑바로 세웠어.

대단하군! 전위는 옛날의 악래야!

악래는 옛날, 중국 은나라의 마지막 왕인 주왕의 신하로, 힘이 엄청나게 세어,
그 뒤 '악래' 하면 '장사'를 가리켰어.
악래
끙

조조는 전위에게 자기의 비단 옷을 주고,
좋은 말 한 마리를 멋진 안장까지 얹어 주었어.

조조는 실력 있는 참모들과
용맹스러운 장수들을 거느려,
산동 지방에 위업을 떨쳤어.

조조는 태산군
태수 응소를
불러 지시했어.

조조의 아버지 조숭은 난리를 피해,
서주의 남양에 가서 숨어 살고 있었어.

조숭은 응소가 가져온 아들의 편지를 받고,
아우 조덕의 도움을 받으며 가족 40여 명과
하인 100여 명을 이끌고 연주로 떠났어.

조숭 일행이 서주성 근처를 지나게
되었는데, 서주 자사 도겸은 이 사실을
알고 기뻐했어. 순박하고 성실한 도겸은
오래전부터 조조와 사귀고 싶어 했어.

도겸은 조숭 일행을 성안으로 모셔 이틀 동안 크게 잔치를 벌여 정성껏 대접했어.
많이 드시고 편히 쉬었다 가십시오.
고맙소.
조숭이 떠날 때에는 성문 밖까지 배웅하면서, 부하 장개에게 군사 5백을 주어 호위하게 했어.
일행이 산길을 갈 때, 저녁때가 가까워지면서 갑자기 때 아닌 초가을 소나기가 쏟아졌어.
쏴아
이게 웬일이지?
조숭은 할 수 없이 근처에 있는 오래된 절로 가서, 가족과 함께 방에 들었어.
여보게, 장개.
방이 모자라니 그대는 군사들과 함께 오늘 밤 처마 밑 마루에서 쉬게나.
퍽!

장개의 군사들이 모두 불평했어.
우리는 비에 젖은 옷을 입은 채 이렇게 밖에서 밤을 새우라고?
뭐라고? 자기들은 모두 방에서 따뜻하게 편히 자면서,
말도 안 돼!

장개는 나이 많은 부하 몇 명을 외진 곳으로 불렀어.
우리는 원래 황건당이었는데, 황건당이 무너져 할 수 없이 도겸 밑으로 들어갔었다.

그런데 그동안 우리는 아무런 대접도 받지 못했다.
그래요. 푸대접을 받았어요.

조숭의 많은 짐수레에 값진 물건들이 가득 들어 있다.
조숭과 그의 일행을 모두 죽이고, 그 수레들을 차지해 산으로 들어가 산적이 되면 어떻겠느냐?
좋지요, 좋아.
조숭과 조덕이 한방에서 잠이 들려고 하는데, 갑자기 밖에서 고함 소리가 들렸어.
죽여라! 다 죽여라!
무슨 소리지?

조숭은 놀라, 첩 하나를 데리고 절 뒤쪽으로 달려가 담을 넘어 달아나려고 했어. 그런데 첩이 뚱뚱해서 담을 넘지 못했어.

조숭은 급해서 첩을 데리고 뒷간으로 가 숨었다가 군사들에게 들켜 죽었어.

조조의 명으로 조숭을 모시러 갔던 응소는 장개의 군사들과 죽기로 싸워, 가까스로 절에서 빠져나왔어.

응소는 원소에게로 가서 몸을 맡겼어.

장개는 절을 불태워 버리고
군사들과 함께 회남으로 달아났어.

뒷날 어떤 사람이 이 일을 시로 읊었어.

응소의 군사 하나가 가까스로
살아 돌아가 조조에게 가족의
죽음을 알렸어.

뭐, 뭐라고?
아, 아버지께서
돌아가셔?

조조는 기절했다가 겨우 정신을 차리고
이를 갈았어.

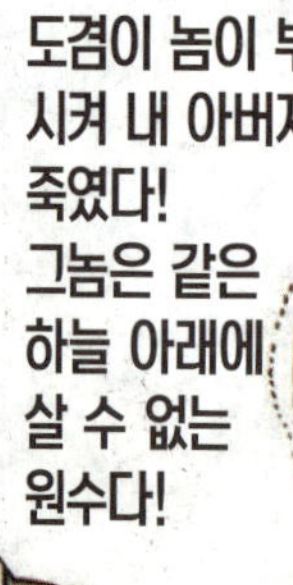

조조는 순욱과 정욱에게 군사 3만을 주어 견성·범현·동아 세 현을 지키게 하고,
그 밖의 군사를 모두 이끌고 서주로 쳐들어갔어.

하후돈·우금·전위가 선봉으로
나섰어.

이때, 구강군 태수 변양은 도겸과 아주
친했는데, 서주가 위태롭게 되었다는 소식을
듣고 도겸을 도우러 서주로 향했어.

그런데 소식을 듣고 분노한 조조는 하후돈을 보내
변양을 죽였어.

이때 진궁은 동군에서 벼슬을 하고 있었는데, 그도 도겸과 사이가 가까웠어. 조조가 아버지의 원수를 갚는다며 서주의 백성들까지 죽인다는 소식을 듣고, 조조를 만나러 갔어.
진궁이 나를 찾아 왔다고? 도겸을 위해 변명하러 왔겠지. 만나고 싶지 않지만, 옛날의 은혜를 모른 체할 수도 없고……
진궁은 조조를 만나자마자 도겸 이야기를 꺼냈어.
도겸은 어진 사람이어서, 결코 이익을 얻으려고 의리를 저버리지 않습니다.
장군의 아버님께서 불행하게 돌아가신 것은 장개가 혼자 저지른 짓이지, 도겸이 시킨 것이 아닙니다.
뭐라고요?

그리고 이번 사건과 아무 관계도 없는 백성들을 죽이는 것은 의롭지 못합니다.
장군, 거듭 잘 생각해 보십시오.
옛날 나를 버리고 간 그대가 무슨 낯으로 나를 찾아와 떠드오?
도겸은 내 집안사람들을 모두 죽였소! 반드시 도겸을 죽여 원수를 갚겠소!
으드득!
그대가 아무리 도겸을 위해 변명해도 내가 믿지 않으니, 더 말하지 마시오!
진궁은 조조와 헤어져 밖으로 나왔어.
아아, 인제 도겸의 얼굴을 볼 면목이 없구나.
그는 진류 태수 장막에게 가 있으려고 말을 몰았어.

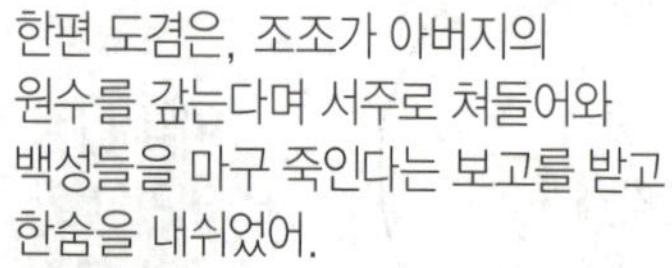

한편 도겸은, 조조가 아버지의 원수를 갚는다며 서주로 쳐들어와 백성들을 마구 죽인다는 보고를 받고 한숨을 내쉬었어.

나 때문에 서주의 백성들이 큰 재앙을 받는구나.

그는 장수와 참모들을 불러 회의를 했는데, 먼저 장수 조표가 나섰어.
조조의 군사들이 가까이 왔는데, 앉아서 죽을 수는 없지 않습니까?
제가 나아가 조조의 군사를 무찌르겠습니다!

도겸은 할 수 없이 군사를 거느리고 성에서 나갔어.
백성들을 구하기 위해 싸우긴 하겠지만, 우리의 힘이 약해.

먼 들판에 조조의 군사들이 있는데, 모두 흰 상복을 입어, 들에 서리가 내린 것 같았어.

조조군 가운데 있는 깃발에는 '報仇雪恨(보구설한)' 네 글자가 크게 쓰여 있었어.
報仇雪恨
'원수를 갚아 한을 씻는다.'는 뜻이지.
양쪽 군사가 진을 펼치자, 흰 상복을 입은 조조가 앞으로 나섰어.
도겸 이놈! 네가 감히 내 아버님을 해치다니!
오해요! 이 사람은 오래전부터 장군과 사귀고 싶었소. 그래서 저번 기회에 장군의 아버님을 성안으로 모셔 대접하고,
장군의 아버님께서 돌아가실 때 장개를 시켜 호위하게 했었는데,
장개 그놈이 도적 놈 버릇을 고치지 않아 그렇게 끔찍한 일을 저지를 줄은 정말 몰랐소.
맹세코 이 사람이 시키지 않았으니 장군께서 잘 살펴 주시오.

이 늙은 놈아! 네가 내 아버지를 죽이고도 뻔뻔스럽게 거짓 변명을 늘어놓는구나!
누가 저 늙은 놈을 사로잡아 오겠느냐?
여기 하후돈이 나갑니다!
도겸이 재빨리 뒤로 달아나고, 조표가 하후돈과 맞붙었어.
오너라, 하후돈!
챙
그런데 이때 갑자기 회오리바람이 불어, 모래와 자갈이 마구 날려 눈을 뜰 수가 없었어.
앗!
휘이이잉
웬 회오리 바람이지?

도겸과 조조는 할 수 없이 군사를 물렸어.
회오리바람이 그치면 다시 보자!
바람을 피해라!

도겸은 성안으로 들어가 장수와 참모들을 모았어.

조조의 군사가 워낙 세서, 지금 우리의 힘으로는 싸워 이길 수가 없을 것이오.
내가 스스로 내 몸을 밧줄로 묶고 조조에게 가겠소. 내가 죽더라도 서주의 백성들은 살려야겠소.

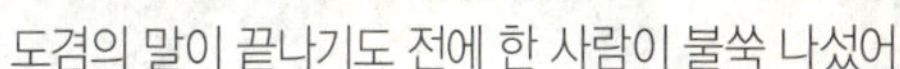

도겸의 말이 끝나기도 전에 한 사람이 불쑥 나섰어.

자사님께서는 오랫동안 서주를 잘 다스리셔서
백성들이 모두 그 은혜를 고맙게 생각하고 있습니다.

지금 조조의 군사가 많지만, 우리 성을 쉽게 깨뜨리지는 못합니다.
자사님께서는 백성들을 이끌어 성을 굳게 지키고, 나가 싸우지 마십시오.
제가 한 꾀를 내어, 조조가 죽어도 묻힐 땅이 없게 하겠습니다.
사람들이 모두 놀라 물었어.
그 꾀가 어떤 것이오?
꾀를 낸다고?
어서 말해 보시오!